JULIETTE BENZONI

Juliette Benzoni est née à Paris. Fervente lectrice d'Alexandre Dumas, elle nourrit dès l'enfance une passion pour l'histoire. Elle commence en 1964 sa carrière de romancière avec la série des *Catherine*, traduite en plus de 20 langues, série qui la lance sur la voie d'un succès jamais démenti jusqu'à ce jour. Elle a écrit depuis une soixantaine de romans, recueillis notamment dans les séries intitulées *La Florentine* (1988-1989), *Le boiteux de Varsovie* (1994-1996), *Secret d'État* (1997-1998) ainsi que *Les Chevaliers* (2002-2003). Outre la série des *Catherine* et *La Florentine*, *Le Gerfaut* et *Marianne* ont fait l'objet d'une adaptation télévisuelle.

Du Moyen Âge aux années 30, les reconstitutions historiques de Juliette Benzoni s'appuient sur une documentation minutieuse. Vue à travers les yeux de ses héroïnes, l'Histoire, ressuscitée par leurs palpitantes aventures, bat au rythme de la passion. Figurant au palmarès des écrivains les plus lus des Français, elle a su conquérir 50 millions de lecteurs dans plus de 20 pays.

SEIGNEURS DE LA NUIT

DU MÊME AUTEUR
CHEZ POCKET

Le Gerfaut
1. Le Gerfaut des brumes
2. Un collier pour le diable
3. Le trésor
4. Haute-Savane

Marianne
1. Une étoile pour Napoléon
2. Marianne et l'inconnu de Toscane
3. Jason des quatre mers
4. Toi, Marianne
5. Les lauriers de flamme — 1re partie
6. Les lauriers de flamme — 2e partie

Le jeu de l'amour et de la mort
1. Un homme pour le roi...
2. La messe rouge
3. La comtesse des Ténèbres

Secret d'État
1. La chambre de la reine
2. Le roi des Halles
3. Le prisonnier masqué

Le Boiteux de Varsovie
1. L'Étoile bleue
2. La Rose d'York
3. L'Opale de Sissi
4. Le Rubis de Jeanne la Folle

(Suite en fin de volume)

JULIETTE BENZONI

SEIGNEURS DE LA NUIT

BARTILLAT

Le Code de la propriété intellectuelle n'autorisant aux termes de l'article L. 122-5, 2e et 3e a), d'une part, que les « copies ou reproductions strictement réservées à l'usage privé du copiste et non destinées à une utilisation collective » et, d'autre part, que les analyses et les courtes citations dans un but d'exemple ou d'illustration, « toute représentation ou reproduction intégrale ou partielle faite sans le consentement de l'auteur ou de ses ayants droit ou ayants cause est illicite (art. L. 122-4).
Cette représentation ou reproduction, par quelque procédé que ce soit, constituerait donc une contrefaçon sanctionnée par les articles L. 335-2 et suivants du Code de la propriété intellectuelle.

© 2002, Éditions Bartillat.

ISBN : 2-266-13134-6

*À Jean Piat,
et au plus noble seigneur de la nuit,
le Comédien.*

L'Histoire est l'art de retrouver, parmi les choses fausses, celles qui ressemblent le plus à la vérité.

J.-J. Rousseau.

Avant-propos

Les nuits du siècle des Lumières étaient plus obscures, sans doute, qu'elles ne l'avaient été durant les siècles précédents car jamais l'homme, à la recherche de son essence et de son devenir, ne s'était tourné aussi résolument vers le plaisir, l'or et le mystère.

Casanova, Cartouche, Cagliostro, le libertin, le bandit et le mage, ont incarné, chacun à sa façon, un besoin instinctif de dépasser les arrêts du destin. Un destin qui, à l'origine, ne les disposait guère à occuper les vitrines illuminées de l'Histoire ni à leur attirer l'éclat des feux de la rampe.

Si la volonté suprême qui préside au sort des vivants n'avait été saisie d'un grain de folie, Casanova eût été racleur de violon dans un petit orchestre vénitien ou membre sans éclat du bas clergé, Cagliostro barbier à Palerme et Cartouche tonnelier à Belleville. Et il manquerait quelque chose aux fastes du XVIIIe siècle...

Or, ces trois hommes ont à ce point marqué leur temps que les sombres méandres de leurs existences, parfois voisines, ont hanté les rêves ou les cauchemars de leurs contemporains, puis les imaginations des descendants de ces contemporains et continueront longtemps encore à éveiller les curiosités. Bien davantage, très certainement, que beaucoup de destins royaux.

La similitude d'initiale les rapproche encore. Précédés de ce mince croissant qu'est la troisième lettre de l'alphabet, ils représentent l'astre triple et sombre brillant au fond de nuits dont chacune était pour eux un voyage, une aventure et un recommencement...

La mort, par l'isolement, l'échafaud et la réclusion, leur a été également cruelle, mais en revanche, et puisque « le règne de la nuit ne connaît de durée ni d'espace... », leurs ombres en ont pris les vastes dimensions du rêve, et presque de la légende.

Reste à savoir ce qu'en dit l'Histoire !...

LE SÉDUCTEUR

Casanova

I

Les débuts d'un séducteur

Par un frileux matin d'octobre 1733, une mince gondole noire glissait sur la lagune en direction de Murano. Deux passagers seulement l'occupaient, serrés l'un contre l'autre sur le double siège du milieu : une femme déjà âgée, vêtue comme une riche bourgeoise de beaux velours couleur prune, et un petit garçon de huit ou neuf ans qui s'agrippait à sa jupe tout en tamponnant continuellement son maigre visage d'un mouchoir maculé de sang. Visiblement, ce voyage hors des murs familiers de Venise le terrifiait et, de temps en temps, la femme se penchait sur lui pour le rassurer.

— N'aie pas peur, Giacomo *mio* ! Il ne faut surtout pas que tu aies peur ! Tu vas être guéri. J'en suis sûre.

L'embarcation atteignit enfin l'île de Murano embrumée sous les fumées grises des feux des souffleurs de verre, toucha terre près de l'élégante abside romane de l'église Santa Maria e Donato.

— Attendez-nous ! ordonna la dame aux deux gondoliers, et n'allez pas vous enivrer au cabaret. Cela peut être long !

Entraînant l'enfant, elle s'enfonça dans l'unique rue du village, qu'elle parcourut de bout en bout jusqu'à une masure délabrée, la plus misérable de toutes certainement, à la porte de laquelle elle frappa d'une certaine façon.

Une vieille femme vint ouvrir, escortée d'un bataillon de chats noirs. Elle était si sale et si dépenaillée qu'elle ressemblait à un paquet de boue, mais dans toute cette grisaille crasseuse, ses yeux, aussi noirs que ses chats, brillaient comme des charbons ardents. Elle regarda tour à tour la dame et l'enfant.

— Vous êtes la signora Farusi ? chuinta-t-elle.

— C'est bien moi. Voici l'enfant dont on vous a parlé.

— Entrez.

L'intérieur de sa maison lui ressemblait : un vrai taudis, encombré de détritus, puant l'urine de chat et dont le meuble principal était une sorte de grande étagère encombrée de fioles, de pots et de boîtes de toutes formes et de toutes dimensions. Aussi, quand elle voulut attirer l'enfant à elle, celui-ci, avec un gémissement terrifié, se serra plus étroitement que jamais contre sa grand-mère tandis qu'un nouveau filet de sang se mettait à couler de son petit nez. La femme haussa les épaules.

— Ce n'est même pas la peine que je l'examine, fit-elle. Je vois ce que c'est.

— Cela veut-il dire que vous ne pouvez rien pour lui ? Il parle à peine, il est tout le temps malade, dolent, et son nez saigne à la moindre émotion.

— Je le vois bien. On peut tout de même essayer quelque chose, mais il faut que vous le convainquiez d'entrer dans cette boîte, dit-elle en tirant devant la cheminée une sorte de caisse vide dont elle ôta le couvercle.

Avec plus de vigueur que l'on n'en aurait attendu d'elle, la signora Farusi saisit l'enfant qui s'était mis à hurler et le déposa dans la boîte dont, en dépit de ses cris, on referma le couvercle sur lui.

En se retrouvant dans le noir, le petit Giacomo, plus mort que vif, cessa de crier et se fit aussi petit que possible, ne sachant trop quel ennemi allait venir le visiter dans sa prison. Mais rien ne vint, sinon un affreux vacarme de chants, de cris, de miaulements, de pas de danse, de tambourin agité rythmiquement, de pleurs et même de rires, le tout si démoniaque qu'il chercha fiévreusement dans sa petite cervelle affolée quelques bribes de prière. Sûrement, on l'avait conduit en enfer ! Mais les bruits en question étaient si variés qu'il ne put s'empêcher de s'y intéresser et en oublia un peu sa peur. Cela ressemblait à une fête chez les fous...

Quand le couvercle s'ouvrit enfin, il put constater que la sorcière, de grise qu'elle était auparavant, était devenue rouge brique et suait comme une gargoulette tandis que les belles couleurs de sa grand-mère avaient fait place à un jaune verdâtre. Elle se soutenait à peine et respirait nerveusement un flacon de sels. Cependant, la sorcière poussait un cri de triomphe.

— Regardez ! il ne saigne plus !... nous sommes sur la bonne voie.

Et sans désemparer, elle empoigna le petit garçon, le coucha sur son grabat qu'elle entoura de pots pleins de braises sur lesquelles elle jeta des herbes et des graines qui emplirent bientôt la pièce d'une fumée agréable.

— Respire, ordonna-t-elle. Respire bien !

Puis, saisissant sur son étagère un pot de belle faïence blanche et verte, elle en tira une épaisse pommade avec laquelle elle entreprit de frotter délicatement les tempes et la nuque de son patient, avant d'en mettre quelques onces dans un pot plus petit qu'elle offrit à la signora Farusi.

— Faites tous les soirs ce que je viens de faire, jusqu'à ce qu'il n'y ait plus rien dans le pot. Son esprit s'éveillera...

Mais en attendant, l'enfant s'était endormi d'un profond sommeil et il fallut aller chercher l'un des gondoliers pour le rapporter jusqu'à l'embarcation.

Il ne s'éveilla que le lendemain, dans sa petite chambre du rio San Samuele, avec l'impression d'avoir fait un cauchemar.

Il était pourtant devenu fort différent de ce qu'il avait été jusqu'à ce jour et, considérant ce matin-là comme celui de sa véritable naissance, Giacomo Casanova devait écrire plus tard :

« Je fus imbécile jusqu'à huit ans et demi... »

L'imbécillité n'était pourtant guère une tare courante dans la famille, car l'on savait assez bien s'y débrouiller. Ses parents, Gaetano Casanova et Zanetta Farusi, formaient l'un de ces charmants couples de comédiens italiens insouciants et bohèmes, mais habités par l'esprit, la musique et la joie de vivre.

Gaetano était né à Parme et, vers sa vingtième année, il s'était épris d'une comédienne d'âge mûr, la Fragoletta[1], qui était venue jouer au théâtre de sa ville. La dame, si elle n'était plus toute jeune, avait assez d'appas pour lui faire perdre la tête, et Gaetano, brûlant d'une folle passion, partit dans les bagages de sa maîtresse lorsqu'elle quitta Parme pour Venise, où elle devait jouer au théâtre San Samuele.

Là, il faut bien avouer que les amours ne durèrent pas bien longtemps. Pourvu d'un petit rôle aux côtés de la Fragoletta, Gaetano eut tout loisir de se livrer au petit jeu des comparaisons, qui ne fut guère à l'avantage de la dame. Venise débordait de jolies filles, toutes plus jeunes et plus ravissantes les unes que les autres. Entre autres, l'adorable fille du cordonnier Farusi, dont l'échoppe était voisine du théâtre et chez lequel reines, impératrices et danseuses allaient faire ressemeler leurs cothurnes et escarpins.

Zanetta avait seize ans, Gaetano était un fort joli garçon : ce fut l'amour fou et, pour fuir tout aussi bien les fureurs jalouses de la Fragoletta que les foudres du papa Farusi, qui prétendait donner sa fille à un homme sérieux, les deux amoureux prirent le parti de s'enlever mutuellement pour aller se marier un peu plus loin.

Quand ils revinrent au bout de quelques mois, toujours aussi amoureux mais passablement désargentés, Zanetta était enceinte, circonstance qui

---

1. La petite fraise.

incita les Farusi à passer l'éponge, dans une grande scène d'attendrissement comme on s'entend si bien à les trousser en Italie.

Le bambino attendu, en l'occurrence Giacomo, fit son apparition le 2 avril 1725. Il marqua pour sa mère une sorte de libération, car à peine son tour de taille récupéré, Zanetta, emportée elle aussi par le démon du théâtre, s'élança sur les planches en compagnie de son époux, laissant l'enfant à la garde de sa mère.

Le couple eut du succès et continua à vivre au galop de charge. À Londres, Zanetta eut un second garçon, puis quatre autres enfants, devint veuve, gagna l'Allemagne où elle remporta de grands succès à Dresde, tant au théâtre qu'auprès de l'Électeur et, finalement, se fixa dans cette belle ville neuve, après avoir offert à sa mère la maison de la calle della Commedia, où celle-ci élevait Giacomo du mieux qu'elle pouvait, étant donné la faible santé de l'enfant.

Dans les jours qui suivirent, la signora Farusi n'eut qu'à se louer de son expédition à Murano car, à peine sorti des griffes de la sorcière, Giacomo fit d'étonnants progrès. Sa grand-mère lui avait donné pour précepteur un poète en renom nommé Baffo. Le malheur voulut que ce fût un poète grivois dont les œuvres, d'une rare obscénité, ne pouvaient vraiment pas être mises entre toutes les mains. Si, grâce à lui, Giacomo apprit à lire et à écrire, il apprit aussi les rudiments de sciences plus étranges et quand, enfin, il partit faire ses « humanités » à l'université de Padoue, il y emportait un goût prononcé pour la magie, les sciences occultes, le jeu, le vin... et les femmes. Encore ces dernières lui inspiraient-elles une espèce de crainte mêlée de convoitise.

À Padoue, il prit logement chez l'abbé Gozzi, homme simple et de bonne compagnie, pourvu d'une sœur nommée Bettina, assez pimpante pour occuper les nuits d'un étudiant. Et comme l'étudiant en question se montrait désormais sous les apparences d'un beau garçon brun, déjà bien découplé, pourvu d'yeux noirs fort vifs, d'un grand nez arrogant et d'une bouche faite beaucoup plus pour le rire que pour la récitation du chapelet, Bettina prit feu à peu près en même temps que Giacomo lui-même. Elle eut le plaisir de se faire son initiatrice et le toit paisible de l'abbé abrita des nuits qui l'étaient beaucoup moins.

Néanmoins, tout en apprenant l'amour — et avec quelle ardeur ! — Giacomo ne négligeait pas ses études pour autant. Très fort en latin, il se vit décerner, en un temps record, le titre de docteur en droit et, ainsi pourvu, fit ses adieux à l'abbé Gozzi, embrassa une dernière fois Bettina désolée et grimpa allégrement sur le coche d'eau qui devait le ramener à sa chère Venise où, selon lui, toutes sortes de bonnes choses l'attendaient ; à commencer, naturellement, par la gloire et la fortune.

Mais la grand-mère Farusi, qui l'attendait au débarcadère, avait, sur l'avenir de son petit-fils, des idées bien personnelles.

— Maintenant que te voilà savant, lui dit-elle, il faut que tu deviennes abbé. Avec ta tournure et ton savoir, tu iras loin ! Tu seras peut-être un jour cardinal !

— Mais je n'ai pas du tout envie d'entrer dans les ordres ! Il doit y avoir autre chose à faire, pour un garçon, que dire la messe.

— C'est le meilleur moyen d'être libre. Un prêtre peut faire à peu près ce qu'il veut. D'ailleurs, tu n'es pas riche.

Mal convaincu, Giacomo se laissa tout de même conduire chez le curé de San Samuele qui, bien entendu, lui déclara que sa vocation crevait les yeux. En un rien de temps, il se retrouva tonsuré et pourvu des ordres mineurs grâce auxquels il entra à San Samuele comme assistant de l'homme qui prétendait l'avoir découvert.

C'était, en vérité, un bien curieux diacre que Giacomo. Durant les cérémonies, auxquelles il participait assez distraitement, il se tenait debout près de l'autel, qu'il dominait de sa haute taille — il mesurait en effet environ 1,86 m —, couvant de son regard étincelant la foule de femmes et de filles agenouillées qui, bien souvent, glissaient en direction du beau diacre des coups d'œil admiratifs sous les dentelles de leurs coiffures.

Une veuve, la signora Orio, qui tenait table ouverte, l'attira chez elle avec l'intention à peine déguisée d'en faire son chevalier servant. Elle était fraîche encore, avec une peau sans rides, bien tendue sur un agréable embonpoint. Giacomo ne se fit pas prier pour lui accorder quelques séances privées de préparation à la confession, ce qui lui valut d'avoir son couvert mis matin et soir à la table de la signora.

C'était d'ailleurs une table bien agréable car deux autres filles d'Ève y prenaient place en même temps que lui : les deux nièces de son hôtesse, Marton et Nanette. Toutes deux aussi jolies que désirables, et de cœur non moins sensible que celui de leur tante.

Giacomo devait s'apercevoir assez vite que sur le chapitre du tempérament, les deux jouvencelles soutenaient vigoureusement la comparaison avec la signora et dès lors, les nuits de l'étrange diacre prirent tout doucement la tournure de bacchanales répétées : il entrait par la fenêtre donnant sur le rio des Saints-Apôtres, rejoignait d'abord la maîtresse de maison avec un remarquable souci de la hiérarchie, lui offrait ses ardents hommages, puis passait chez l'une ou l'autre des deux jeunes filles... quand ce n'était pas chez les deux à la fois.

À ce régime, il eût sans doute ruiné à brève échéance la belle santé que lui avait refaite la sorcière de Murano, quand, les trois femmes s'étant retrouvées enceintes en même temps, il lui fallut songer à changer d'existence, du moins pour quelque temps, s'il ne voulait pas voir ses exploits étalés sur la place publique.

Rendu à lui-même, Giacomo en profita pour tomber amoureux, cette fois pour son propre compte.

Elle habitait non loin de chez lui, se nommait Thérèse Imer et étudiait assidûment le chant et la danse afin d'entrer aussi rapidement que possible au théâtre. C'était une brune languide, aux yeux pervenche et à la peau de lait, dont la beauté s'épanouissait en serre chaude, littéralement couvée par le vieux sénateur Malipiero qui s'était institué son protecteur.

Thérèse vivait seule avec deux domestiques et une sorte de duègne moustachue, cousine germaine de Cerbère et commise à sa surveillance. Il n'était pas question de l'aborder dans la rue ou à l'église car la mine rébarbative de la dame était décourageante au suprême degré, mais, lorsque Giacomo désirait une femme, il était prêt à toutes les folies pour parvenir à ses fins.

Un coup de chance au biribi l'ayant mis en possession de quelque argent, il acheta l'un des serviteurs de la jeune femme afin que, certaine nuit, il laissât entrouverte certaine fenêtre de la maison. À minuit, Giacomo, laissant sa gondole amarrée sous ladite fenêtre, entreprit son escalade, s'introduisit sans bruit chez la jeune femme et gagna sa chambre, dont il s'était fait expliquer le chemin.

Thérèse dormait profondément et Giacomo n'eut garde de la réveiller. Aussi tranquillement que s'il eût été chez lui, il entreprit de se déshabiller puis se coula dans le lit à côté de la jeune femme qui, s'éveillant en sursaut, se retrouva dans les bras d'un homme nu dont la bouche savante ne lui laissa pas le loisir de pousser le moindre cri.

Dûment violée mais somme toute point trop mécontente, la jolie Thérèse trouva tant de charme à cet exercice que le jeune Casanova reçut permission de revenir la nuit suivante.

— Malipiero ne sera pas là avant trois jours, lui confia-t-elle. Il est parti pour son domaine de terre ferme...

Hélas, dans la nuit du surlendemain, alors que les deux amants étaient au plus brûlant de leurs ébats, le sénateur, revenu à l'improviste et en tapinois, apparut brusquement sous leur ciel de lit, qui instantanément se chargea de nuages d'orage.

La minute suivante, l'imprudent Giacomo, maintenu à genoux sous la poigne de deux laquais solides, recevait, comme un valet indélicat, la plus humiliante des bastonnades tandis que Thérèse, enfouie sous ses couvertures, sanglotait éperdument et, pour sauver sa situation, contait effrontément à son protecteur qu'elle venait d'être violée.

Une heure plus tard, Giacomo, rhabillé et encadré de deux policiers, faisait son entrée au fort Saint-André où, à Venise, l'on envoyait réfléchir les jeunes gens trop habiles ou trop audacieux. La nuit, si agréablement commencée, s'acheva sur la paille pourrie d'un cachot humide.

Ce fut là que sa mère le retrouva. Alertée par la grand-mère Farusi, qui craignait comme le feu qu'on ne lui pendît son petit-fils bien-aimé, Zanetta Casanova avait quitté Dresde afin de se jeter au secours de son fils aîné pour lequel, d'ailleurs, elle avait un petit faible, car il était l'enfant de ses premiers élans d'amour.

— Je peux te faire sortir d'ici, malheureux enfant, lui dit-elle, mais à une condition : tu quitteras Venise sur-le-champ.

— Mais pour aller où ?

— À Martorano, en Calabre. Par mon crédit, j'ai pu y faire nommer évêque un saint moine de mes amis. Tu es d'Église, après tout, tu iras le rejoindre. Cela te permettra au moins de te faire oublier.

— Est-ce que, vraiment, je ne pourrais pas aller

ailleurs ? gémit Giacomo. La Calabre ? C'est le bout du monde.

— C'est, en tout cas, beaucoup moins loin que l'autre monde. Et c'est celui-là qui t'attend si tu n'acceptes pas !

— Alors, va pour la Calabre. Mais je vais m'y ennuyer horriblement...

Quelques jours plus tard, le pénitent malgré lui quittait le fort Saint-André et, sous les habits ecclésiastiques dans lesquels on l'avait fourré presque de force, s'embarquait les larmes aux yeux rejoindre son évêché du bout du monde et son évêque.

Il faisait un temps délicieux. Jamais Venise n'avait été aussi belle. Il avait dix-sept ans, il était amoureux et on l'envoyait dans un désert.

II

Les trois vieillards de Venise

Le jeune homme qui prit pied un an plus tard sur le quai des Esclavons, débarquant d'une galère d'escadre ancrée dans la lagune, ressemblait assez peu au petit prêtre inquiet et furtif, tout frais émoulu du fort Saint-André et qui, des larmes plein les yeux, s'était embarqué pour rejoindre son poste dans un évêché perdu de la Calabre.

Le nouveau venu portait avec beaucoup d'assurance un seyant uniforme de cavalier espagnol : habit blanc, veste bleue, nœud d'épaule et dragonne or et argent, élégant chapeau-lampion. Ses bottes brillaient comme de petits soleils et sa haute taille faisait valoir les agréments d'un visage aussi bronzé que martial.

Son retour dans la calle della Commedia prit les allures d'un triomphe. Sans bien comprendre par quelle étrange alchimie son petit-fils, parti curé, lui revenait soldat espagnol, Bonne-Maman Farusi se hissa sur la pointe des pieds pour sangloter sur son cœur et le serra dans ses bras en l'appelant son petit Giacomo, tandis que Francesco, le frère cadet, battait le rappel de tous les voisins afin de les convier à contempler la merveille. Ils vinrent tous, naturellement, les filles surtout, et la maison Farusi s'emplit, comme une volière, de créatures caquetantes qui riaient un peu trop haut en jetant vers le beau cavalier des œillades énamourées. Mais, chose étrange, Casanova n'avait pas l'air à son aise et répondait à leurs agaceries par un sourire contraint qui finit par intriguer son frère.

— Qu'est-ce qu'il t'arrive, Giacomo ? Tu n'aimes plus les filles ?

— Bien sûr que si ! Seulement, en ce moment, il vaut mieux que je les évite un peu. Je ne suis pas... très bien. Dis-moi, cette femme de Murano qui m'avait si bien guéri lorsque j'étais enfant...

— La Serafina ?

— Oui. Elle vit toujours ?

— Je crois. Tu as besoin d'elle ?

— Plutôt ! Tu m'y emmèneras demain ?

— C'est entendu. Mais raconte-moi tes aventures. Que t'est-il arrivé depuis un an pour te changer à ce point ? Tu es devenu soldat, tu as fait fortune ?

— Je n'ai pas fait fortune le moins du monde. Quant à être soldat, je ne le suis plus, en admettant que je l'aie jamais été. Seulement, cet uniforme est le seul costume convenable qui me reste. Et si tu veux savoir, je n'ai plus un sou vaillant !

La nuit venue, tandis que la grand-mère Farusi dormait du sommeil de l'innocence dans la joie d'avoir retrouvé son Giacomo plus beau que jamais, Casanova, pour le seul bénéfice des oreilles fraternelles, raconta ses aventures.

Le voyage vers la Calabre avait été moins

morose qu'il ne l'avait imaginé. Sa mère l'ayant muni de cinquante sequins pour la route, Casanova les joua, les perdit, les regagna, les reperdit, joua sa soutane, la perdit et, finalement, dut son salut à un moine mendiant qui passait par là et qui prit en pitié ce pauvre garçon à moitié nu cheminant sur les routes poudreuses. Il commença par lui procurer une robe de moine et ce fut en cet équipage hautement édifiant que le nouveau coadjuteur de l'évêque fit son entrée à Martorano.

L'évêque était un brave homme, et comme il devait son siège aux relations de Zanetta Casanova, il accueillit son fils aîné à bras ouverts.

Évidemment, l'évêché n'avait rien de réjouissant : une immensité pelée, ponctuée de villages misérables, une sorte de désert du bout du monde dans lequel Casanova n'éprouva aucune envie d'enterrer sa belle jeunesse. Poliment, il proposa à son saint homme d'abandonner cette terre oubliée de Dieu et de partir avec lui pour chercher fortune à travers le vaste monde. Mais l'évêque, étant justement un saint homme, jugeait qu'il lui fallait boire son calice jusqu'à la lie.

— Je conçois volontiers, mon fils, que Martorano ne soit pas un endroit pour vous, mais moi qui suis vieux, je m'en accommode fort bien. Voulez-vous aller à Rome ?

— À Rome ?

— Oui. Le cardinal Acquaviva veut bien m'honorer de son amitié. Vous pourriez faire carrière auprès de lui ; je vous donnerai une lettre de recommandation. C'est même tout ce que je pourrai vous donner, car je suis loin d'être riche...

En raclant bien le fond de sa bourse, le bon évêque trouva tout de même quelques sols à offrir au transfuge et Casanova, soulagé d'un grand poids, prit allégrement le chemin de la Ville éternelle. L'idée de rester dans l'Église ne le séduisait guère car il s'y ennuyait à mourir, mais Rome, c'était tout de même autre chose que Martorano.

À peine arrivé, il s'employa à se le démontrer à lui-même. Il n'était pas au service du cardinal depuis huit jours qu'il séduisait une belle patricienne, Lucrezia Monti, qui ne fit aucune difficulté pour lui tomber dans les bras, mais, par contre, en fit beaucoup quand il s'agit d'en sortir pour laisser la place à sa plus jolie chambrière.

À la chambrière succéda une actrice, à l'actrice une danseuse, à la danseuse... une nonne, exploit qui persuada rapidement le cardinal Acquaviva que son secrétaire n'était peut-être pas tout à fait à sa place dans la maison d'un homme de Dieu. Par respect pour l'évêque de Martorano, il ne voulut pas chasser son protégé, mais fit tout de même comprendre au jeune chenapan que le pavé de Rome devenait brûlant pour lui : une nonne, c'était grave. Il risquait l'échafaud.

— Il serait bon que vous quittiez l'Italie pendant quelque temps, lui dit-il. Où voulez-vous aller ?

— À Constantinople ! lança Casanova, comme il aurait dit en enfer.

Si sa boutade offusqua le cardinal, celui-ci se garda bien de le montrer. Ce qui importait, c'était de faire filer au plus vite ce galopin pervers.

Justement, Acquaviva avait un ami à Constantinople, un certain Osman-Pacha, personnage haut en couleur dont on ne s'expliquerait guère l'amitié avec un prélat romain si l'on ne savait qu'avant d'entrer au service de la Sublime Porte, Osman-Pacha avait été français et s'était appelé le marquis de Bonneval. C'était aussi un homme qui avait le talent de se brouiller avec tout le monde.

Il avait commencé par se fâcher avec son roi et était entré au service de l'Autriche, sous les ordres du prince Eugène... avec lequel il s'était querellé assez vite, choisissant de passer d'abord en Bosnie, puis à Constantinople, où il avait réussi à rendre d'importants services... sans se faire du sultan un ennemi mortel. Ce fut à lui que le cardinal envoya Casanova... mais en lui recommandant toutefois de troquer sa soutane contre un habit moins voyant et moins compromettant en terre d'Islam.

Et c'est ainsi qu'en traversant Bologne, ville neutre où se croisaient les troupes autrichiennes et espagnoles, notre aventurier choisit cette dernière armée parce que l'uniforme lui plaisait mieux que celui de l'Autriche.

Bonneval-Pacha accueillit avec plaisir ce jeune homme aimable, le fit loger chez lui et lui fit visiter sa « bibliothèque », série d'armoires grillées qui ne contenaient qu'une fabuleuse collection de bouteilles.

— Je suis vieux, lui dit-il. Les femmes abrégeraient ma vie, tandis que le bon vin ne peut que me la conserver.

Mais comme son jeune hôte n'avait aucune raison de pratiquer l'abstinence, il lui fit connaître nombre de jolies filles avec lesquelles le jeune Vénitien entretint un commerce fort agréable... et fort défendu, car, les plus belles houris étant en général les mieux gardées, Casanova ne tarda pas à se créer de fort dangereuses affaires avec quelques vigoureux gardiens et propriétaires de harems... Et force lui fut de reprendre la mer un peu vite pour éviter de se retrouver au fond du Bosphore, cousu dans un sac de cuir avec un boulet aux pieds.

Il échoua à Corfou, après un bref séjour à Zante, où une belle courtisane, la Mellula, le recueillit à la fois dans sa maison et dans son lit, mais lui fit malheureusement cadeau d'une maladie fort gênante pour tout homme normal et surtout pour un séducteur. Cette maladie l'ayant empêché de devenir l'amant de la plus jolie fille de Corfou, qui était aussi la maîtresse du gouverneur, notre séducteur, endommagé et complètement dégoûté, décida qu'il était temps pour lui de rentrer à Venise où, au moins, la maison de la calle della Commedia, avec ce qu'elle contenait, le mettrait pour un temps à l'abri du besoin et lui permettrait de ne pas mourir de faim.

— Que vas-tu faire, à présent? demanda Francesco lorsque son frère eut achevé son long récit. Repartir?

— Tu es fou! Je vais voir si la Serafina peut me guérir, puis j'essaierai de trouver quelque chose à faire qui me rapporte quelque argent. À Venise, c'est toujours possible!

La Serafina n'avait rien perdu de son habileté, ni d'ailleurs sa maison de sa crasse. Remis d'aplomb,

Casanova se souvint qu'à Padoue, le bon abbé Gozzi lui avait appris à se servir d'un violon. Fort de ce talent retrouvé, il réussit à se faire engager au théâtre San Samuele, où le directeur l'accueillit en fils en souvenir de sa mère, la Zanetta, et de la Fragoletta, qui avait été l'amie de son père. Cela lui rapporta un écu par jour.

Ce n'était pas la fortune, mais Casanova l'employa de son mieux à mener, avec son frère et après le spectacle, une intense vie nocturne dans les cabarets et les salles de jeu. La magie également l'intéressait de plus en plus, et aussi l'alchimie. Il s'y était adonné quelque peu à Constantinople et, s'étant pris d'amitié pour la Serafina, lui rendit quelques visites qui lui permirent d'apprendre certains de ses secrets.

Cela allait lui permettre de quitter enfin sa vie besogneuse pour grimper allégrement les premiers échelons de la fortune.

Un soir, alors qu'il sortait, son violon sous le bras, du palais Foscari où il avait fait partie de l'orchestre d'un bal de noces, il vit l'un des invités descendre l'escalier du palais d'un pas mal assuré et, arrivé près de sa gondole, s'abattre de tout son long.

Il se précipite, prend l'homme dans ses bras, s'aperçoit qu'il s'agit d'un vieillard, que ce vieillard étouffe et que sa bouche tordue laisse échapper un filet de salive.

— Aidez-moi ! crie-t-il aux serviteurs épouvantés. Votre maître a été frappé d'apoplexie. Il faut le ramener chez lui.

Et, s'installant d'autorité dans la riche gondole, il prend sur ses genoux la tête du malade.

— Ramenons-le chez lui! ordonne-t-il. Quelle est sa demeure?

— Le palais Bragadino. C'est le sénateur.

— Alors, au palais Bragadino. Et faites vite!

Quelques instants plus tard, il portait lui-même le vieillard inconscient jusqu'à son lit, envoyait chercher le médecin et s'installait au chevet de ce malade qui, décidément, lui semblait de plus en plus intéressant.

Le médecin arriva, posa sur la poitrine du sénateur, qui avait repris connaissance, un emplâtre au mercure et disparut en assurant que tout serait rentré dans l'ordre dans quelques instants. Il n'en fut rien, bien au contraire : le vieil homme, qui avait saisi la main de son infirmier bénévole et s'y cramponnait, semblait souffrir de plus en plus.

— J'étouffe, râlait-il. J'étouffe! Toi qui m'as aidé si charitablement, ne peux-tu rien pour moi?

Casanova n'hésita qu'un instant. Ce cataplasme ne lui disait rien qui vaille. Le mercure ne pouvait que peser trop lourd sur une poitrine oppressée. Il l'enleva, envoya chercher de l'huile d'olive pour faire quelques onctions légères et, se rappelant l'une des compositions de la Serafina, ordonna de préparer une tisane qu'il fit avaler lui-même au sénateur.

L'effet fut magique. Soulagé, Bragadino serra Casanova sur son cœur, l'appela son fils et jeta son médecin à la porte quand celui-ci vint voir l'effet de sa médication.

— Ce jeune joueur de violon en sait plus long

que tous les médecins de la ville, lui dit-il. Il restera désormais près de moi.

Cette soudaine affection devint d'ailleurs du délire quand le jeune homme apprit à son protecteur qu'il était fort versé en magie et science cabalistique.

— Je possède, lui confia-t-il, un calcul numérique par lequel, moyennant une question que j'écris et que je change en nombres, j'obtiens également en nombres une réponse qui m'instruit de tout ce que je veux savoir. C'est une science que je tiens d'un ermite.

Du coup, Bragadino serra de nouveau Casanova sur son cœur, lui déclara qu'il l'adoptait et le présenta à ses deux plus intimes amis, les sénateurs Dandolo et Barbaro, eux aussi entichés de magie. Et là-dessus, tous trois, d'un commun accord, décidèrent de pourvoir désormais à l'entretien d'un garçon si merveilleux.

— Si tu veux être mon fils, lui dit Bragadino, tu n'auras qu'à me reconnaître pour père. Ton appartement est prêt. Fais-y apporter tes hardes. Tu auras un domestique, une gondole et dix sequins par mois pour t'amuser.

C'était la vie de palais !

Giacomo ne perdit pas un instant avant de se lancer au milieu de la jeunesse dorée vénitienne. On put le voir, vêtu comme un seigneur, portant la grande cape noire, le tabarro, le masque blanc à profil d'oiseau et le tricorne emplumé, dans les maisons de jeu les plus huppées et en compagnie des courtisanes les plus fameuses. Il dansait des nuits entières, buvait comme une éponge, mangeait en proportion, sans d'ailleurs que ces agapes le fissent grossir d'un centimètre.

Malheureusement, il fréquenta aussi, et fort assidûment, les cabalistes cachés un peu partout dans Venise, assista à des séances de magie noire et se livra à la nécromancie. En même temps, bien sûr, il collectionnait les conquêtes, changeant de maîtresse plus souvent qu'il ne changeait de chemise.

À Venise, il n'était pas bon de toucher aux sciences occultes. La gueule du lion de pierre qui servait de boîte aux dénonciations anonymes destinées au Conseil des Dix reçut quelques papiers venimeux, vraisemblablement glissés par de belles abandonnées. L'inquiétante police secrète de ce tribunal au moins aussi secret se mit en marche, mais heureusement pour Casanova, le sénateur Bragadino avait le bras long et pas mal de relations. Il eut vent de ce qui se préparait et, affolé, prévint son fils adoptif.

— Il faut partir, Giacomo ! Cette nuit même, ma gondole te conduira à la terre ferme. Le cœur me saigne de me séparer de toi, mais mieux vaut partir car ta vie est en danger.

Partir, Casanova le voulait bien. Sa passion des voyages n'était pas apaisée, tant s'en faut ; en outre, Bragadino, généreux comme un vrai père, venait de lui remettre une bourse fort rebondie « pour le voyage », plus une ou deux lettres de change. Mais pour aller où ?

Ce fut l'un de ses plus anciens amis, Antonio Baletti, qui trouva la solution. Antonio, petit-fils de la Fragoletta, était le fils de Silvia Baletti, chanteuse alors fort en renom à la Comédie-Italienne de Paris.

— Allons en France ! proposa-t-il. Ma mère dit que c'est un merveilleux pays. Elle nous accueillera.

L'idée était bonne. Casanova décida de la suivre et ce fut flanqué d'Antonio qu'il prit place à bord de la gondole. Celle-ci les mena jusqu'à la terre ferme, où une felouque, frétée par Bragadino, les attendait pour les mener hors du territoire de Venise.

On débarqua, quelques jours plus tard, à Pesaro, petit port de l'Adriatique où il n'y avait plus rien à craindre du Conseil des Dix. Les deux amis s'y procurèrent des chevaux et se mirent en devoir de traverser l'Italie aussi agréablement que possible, afin de gagner la frontière française... Mais Casanova, pour sa part, n'était pas près d'y parvenir car, arrivant un soir dans la meilleure auberge de la petite ville de Cesena, il remarqua un couple étrange composé d'un vieil officier hongrois, visiblement fort riche, et d'un beau jeune homme brun qu'il appelait Henri, un beau jeune homme pourvu de jambes ravissantes, du plus joli visage du monde et d'un corps qui semblait curieusement conformé pour celui d'un garçon.

Casanova avait toujours aimé le mystère. Et puis, rien ne le pressait. Il décida de rester quelque temps à Cesena, ne fût-ce que pour s'assurer par lui-même de ce que contenaient au juste — au plus juste ! — les habits de velours du jeune Henri.

III

La belle Marseillaise

L'auberge du Lion d'Or, à Cesena[1], dressait sur la piazza del Popolo son élégante bâtisse neuve. Bien tenue, bien équipée, pourvue d'une excellente cuisine et de chambres agréables, elle attirait à elle tous les visiteurs de marque. Le noble Hongrois et son jeune compagnon, qui avaient si fort suscité l'attention de Casanova, y occupaient deux belles chambres au premier étage et ne paraissaient guère pressés d'abandonner un séjour aussi agréable. Giacomo et son ami Antoine Baletti se firent donner une chambre voisine de celle du jeune « Henri », ce qui d'ailleurs ne fut pas tellement du goût du second.

— La ville est charmante, l'auberge parfaite... et ce jeune garçon beaucoup trop beau pour un garçon, je l'admets. Mais est-ce une raison pour nous attarder ? Je croyais que tu avais hâte d'arriver en France ?

— Disons que j'ai un peu moins hâte. Je suis

---

1. Petite ville de l'Adriatique. L'auberge existe toujours.

sûr que ce jeune garçon est une femme, et une femme beaucoup trop séduisante pour s'accommoder d'un barbon tel que le Hongrois. Je veux savoir ce qu'elle fait avec lui.

— Que veux-tu qu'elle fasse ? C'est peut-être sa fille...

— Tu es stupide ou tu es sourd. Elle est française, cela crève les yeux et les oreilles, tandis que lui est un Hongrois bon teint. Il ne parle aucune langue connue... si ce n'est le latin. Mais si tu es pressé, tu peux continuer ton voyage. Je te rejoindrai...

— Si dans trois jours, tu n'es pas devenu raisonnable, c'est ce que je ferai, grommela Antoine.

Trois jours après, naturellement, il partait seul, laissant Casanova aux joies d'un siège en règle, qui ne s'annonçait d'ailleurs pas comme des plus faciles. Le Hongrois et Henri mettaient une surprenante mauvaise volonté à lier connaissance. C'était tout juste si, pendant les repas, le Vénitien réussissait à échanger avec eux quelques mots latins ou français par-dessus la miche de pain ou le plat de spaghettis.

Pourtant, à la manière dont le faux garçon — Giacomo était de plus en plus persuadé de sa féminité réelle — le regardait parfois à la dérobée tandis que le Hongrois engouffrait de prodigieuses quantités de nourriture ou vidait force pots de vin, il en était venu à penser qu'il n'était pas du tout indifférent à ce charmant et un peu irritant personnage si agréablement androgyne.

Étant son voisin de chambre, il ne lui fut pas difficile de s'assurer qu'aucune relation intime n'existait entre « Henri » et le Hongrois. Ce dernier une fois couché ronflait à faire écrouler la maison et ne franchissait jamais le seuil de son « secrétaire ».

Une nuit donc, Casanova, rompu comme tout bon Vénitien pas encore atteint de goutte à l'usage des échelles de corde et à l'escalade des fenêtres avec ou sans balcon, passa tout tranquillement de sa propre croisée à celle de son mystérieux voisin dès que, le repas terminé, il fut certain qu'Henri était rentré chez lui.

La piazza del Popolo était déserte, la nuit noire et notre galant, cramponné à la balustrade, ne risquait guère d'être aperçu d'un passant attardé. Il commença par bénir le dieu des amoureux en constatant que la fenêtre en question n'était pas fermée, mais simplement poussée. Les rideaux, certes, étaient tirés, mais Giacomo n'eut aucune difficulté à en écarter très légèrement les pans. Très légèrement, mais suffisamment pour découvrir un spectacle qui l'enchanta... et faillit bien l'envoyer s'étaler de tout son long sur la place : debout devant son miroir, « Henri » était tout justement occupé à se dévêtir...

L'habit de velours était déjà à terre et « Henri » en était à ôter le long gilet de moire rouge qu'il portait en dessous et qu'il envoya rejoindre la veste. Vêtu alors simplement de sa chemise et de sa culotte, il s'assit pour ôter ses bas, ses chaussures, se releva, fit glisser la culotte, ouvrit le jabot et la chemise, ôta une sorte de large bande qu'il portait en dessous et qui comprimait sa poitrine, libérant ainsi... deux seins fort impertinents. La chemise ayant à son tour été escamotée en un geste digne d'un prestidigitateur, Casanova ébloui put contempler le corps le plus féminin et le plus ravissant qu'il eût jamais vu.

« Henri » devait d'ailleurs partager cet avis car « il » s'attarda longuement devant son miroir, défaisant le ruban noir qui serrait impitoyablement ses cheveux sur la nuque. Libérés, ils l'enveloppèrent somptueusement d'une masse noire brillante et soyeuse dans laquelle ses mains se mirent à fourrager, les bras haut levés.

La douce lumière des bougies rendait pleine justice à une peau dorée, jouait sur les formes parfaites de ce corps juvénile, et Casanova flamba comme une meule de paille. Enjambant l'appui de la fenêtre, qu'il repoussa brusquement, il vint tomber aux pieds de sa tentatrice en murmurant des paroles assez incohérentes mais pleines de passion. Il s'attendait à une magistrale paire de claques, à un cri d'horreur, à une fuite éperdue vers l'alcôve ou le paravent ; il obtint un jeune, un clair, un joyeux éclat de rire.

— Eh bien ! Vous vous êtes beaucoup fait attendre, mon ami. Je me demandais si vous vous décideriez un jour à quitter cette fenêtre. Vous ne deviez cependant pas y être si bien ?

Il n'eut qu'à ouvrir les bras tandis que les tendres ombres du lit venaient à sa rencontre...

Ce fut bien plus tard dans la nuit qu'Henriette — car bien entendu, elle s'appelait Henriette — lui conta son histoire.

— Je suis provençale, lui dit-elle, et ma famille habite Marseille, mais ne me demande pas mon nom, je ne te le dirai pas. Qu'il te suffise de savoir que j'appartiens à l'une des meilleures familles de la ville et que, voici un an, on m'a mariée pour raison de convenances financières à un homme assez âgé pour être non seulement mon père, mais mon grand-père...

« C'était un affreux vieillard, dont le contact me fit horreur dès la première nuit. Le lendemain, incapable de subir à nouveau ce supplice, je réussis, avec l'aide d'une servante dévouée, à endormir mon époux, et tandis qu'il ronflait tout au long d'une grande nuit de sommeil paisible, je courus au port où je m'étais assuré, à prix d'or, une place sur un navire marchand en partance, un navire dont le capitaine n'était pas trop curieux, aimait l'or et ne détestait pas les femmes. Quand le jour se leva, j'étais déjà loin en mer...

Le voyage d'Henriette s'acheva à Rome, où elle trouva refuge chez une cousine mariée à un seigneur romain. Hélas, à Marseille, on n'avait eu aucune peine à relever sa trace. Sa mère, furieuse d'une fugue qui risquait d'indisposer un mari choisi pour sa fortune et sa générosité, dépêcha à sa suite son propre époux et, un beau matin, le beau-père débarqua à Rome.

Prévenue, Henriette eut tout juste le temps de fuir la police pontificale lancée sur sa trace : on devait, en attendant d'avoir statué sur son sort, l'enfermer dans un couvent.

— C'est alors, continua-t-elle, que je rencontrai Ferencz. À bout de souffle, à bout de ressources, j'avais cherché refuge dans une église. Il m'y trouva, prit en pitié ma mine défaite et mes larmes, me fit monter dans sa voiture et m'emmena chez lui.

« À vrai dire, la conversation n'était guère facile entre nous : je ne parle pas sa langue, il ne parle pas la mienne, et nous nous en tirons, comme tu as pu le voir, avec le latin, mais quand il comprit que je préférais mourir plutôt qu'être ramenée à mon époux, il me fit apporter ces vêtements d'homme, commanda sa voiture et la nuit même, nous quittions Rome pour Naples.

« Depuis, nous voyageons au gré de sa fantaisie. Il est très bon pour moi, très généreux... mais cela n'empêche que je meure d'ennui avec lui...

— Tandis que moi, fit Giacomo en embrassant sa nouvelle maîtresse, je suis beaucoup plus amusant.

— Toi ?... Tu es l'homme que j'aime... celui que j'ai aimé au premier regard. Je savais que tu pouvais m'apporter le bonheur. Mon instinct ne m'avait pas trompée. Aime-moi ! Aime-moi autant que tu pourras...

Ce n'était pas une invitation à répéter deux fois à notre séducteur, et peu s'en fallut que le jour le surprît dans les bras d'Henriette, rendant assez difficile le retour acrobatique par la fenêtre...

Mais bien entendu, la passion que les deux jeunes gens venaient de se découvrir l'un pour l'autre ne pouvait plus guère s'accommoder d'une vie cachée et de quelques heures nocturnes volées derrière le dos de Ferencz. En fait, Casanova ne voyait pas pour quelle raison Henriette et lui continueraient à s'encombrer du Hongrois et des grands sentiments paternels qu'il s'était découverts pour la jeune femme.

— Si tu veux le fond de ma pensée, lui dit-il à l'issue de leur troisième nuit, cela ne m'amuse pas du tout de te voir habillée en garçon dans la journée. Vénus m'a toujours plu infiniment davantage que Ganymède. Viens avec moi. Fuyons!...

Quand on est amoureuse d'un beau garçon, la reconnaissance ne pèse pas lourd. Henriette se laissa convaincre sans trop de peine de monter un beau soir en croupe derrière son amant et de prendre avec lui la clef des champs, laissant le pauvre Ferencz continuer ses études comparées des différents crus italiens et du moelleux des jambons. Et l'on courut comme cela jusqu'à Parme, État indépendant et suffisamment éloigné de Cesena pour que les fugitifs y fussent à l'abri des yeux sévères et des grands pistolets du Hongrois.

Parme était une ville agréable, bien bâtie et pratiquement envahie par l'œuvre du Corrège. En outre, c'était une ville gaie, car l'infant Don Philippe d'Espagne, qui avait épousé quelques années plus tôt la princesse Louise-Élisabeth, fille de Louis XV, venait d'être investi du duché de Parme et Guastalla et s'y installait avec une cour jeune et brillante.

Les fêtes succédaient aux fêtes et le couple séduisant que formaient Giacomo et Henriette connut là des jours véritablement enchanteurs. La jeune Provençale s'épanouissait dans l'amour. Elle était plus belle que jamais et comme, en outre, elle avait un esprit vif joint à une jolie culture, c'était une compagne pleine de charme, auprès de laquelle l'impénitent séducteur commençait à envisager de couler de longues et paisibles années.

Mais on n'échappe pas à son destin. Celui de Giacomo avait décidé qu'il serait Casanova et ce fut par un soir de fête que ledit destin vint frapper à la porte des amoureux.

Il y avait concert ce soir-là au théâtre de Parme, et un concert de bienfaisance offert par le directeur de ce théâtre avec le concours de quelques artistes en renom. Or, au moment où un fameux quatuor à cordes devait se faire entendre, on apprit que le violoncelliste venait d'avoir un accident. C'était la catastrophe!

Alors, à la grande stupeur de Giacomo, Henriette alla tranquillement offrir ses services.

— Je sais jouer du violoncelle et même, en Provence, j'avais acquis quelque renom...

— C'est le Ciel qui vous envoie, Madame! s'exclama le directeur. Nous allons faire immédiatement un essai, et s'il est concluant...

Il le fut. Et tellement même que la jeune femme remporta un très grand succès. Leurs Altesses royales daignèrent l'applaudir vigoureusement et insistèrent pour qu'elle vint leur faire la révérence. Hélas...

Hélas, le prince Philippe avait alors pour favori un gentilhomme marseillais, M. d'Anthoine qui, bien entendu, assistait au concert. Et quand Henriette se releva de sa révérence, elle se retrouva nez à nez avec lui.

— Eh bien, fit M. d'Anthoine avec stupeur, du

diable, ma cousine, si j'imaginais vous retrouver ici! Savez-vous que l'on vous cherche partout?

— Pour l'amour du ciel, mon cousin, balbutia la jeune femme, qui avait changé de couleur, pour l'amour du ciel et de moi, taisez-vous! Ne dites jamais que vous m'avez retrouvée. Ce serait me condamner au couvent et aux plus grands malheurs. Jamais je ne retournerai auprès de M. de S...

— Votre mari? Mais ma chère enfant, voilà six grands mois qu'il est passé de vie à trépas. Vous voilà veuve... et héritière par-dessus le marché. Je crois que vous auriez tout intérêt à faire la paix avec votre famille, et si vous le désirez, je m'en charge.

Ainsi fut fait. M. d'Anthoine, avec beaucoup de diplomatie, prit en main les intérêts de sa jolie cousine, obtint pour elle le pardon de ses parents qui arriva, un beau soir, avec une fort belle somme en or, et il faut bien avouer que la somme en question fut la bienvenue, car la caisse des deux amants montrait la corde.

Seulement, toute médaille ayant son revers, la famille d'Henriette insistait vivement pour qu'elle regagnât Marseille au plus tôt...

Le débat pour la jeune femme fut long et douloureux. Elle s'était sincèrement attachée à Giacomo, mais d'autre part, elle était assez lucide pour se rendre compte qu'avec un homme de sa trempe, la vie commune pourrait devenir difficile. Et puis, la passion, très certainement, ne durerait pas toute la vie. Rentrer au bercail, c'était prendre possession de ses biens, retrouver son nom, sa respectabilité, oublier l'aventure, se refaire un avenir.

Avec Giacomo, cet avenir serait plus qu'incertain, car bien entendu, il ne pouvait être question d'introduire le Vénitien dans le cercle austère de ses parents.

— Il faut nous séparer, dit-elle enfin. Nous avons été merveilleusement heureux ensemble, mais tout a une fin, et je ne me sens pas faite pour la vie errante.

Il baissa la tête, touché au cœur pour la première fois de sa vie. L'idée de se séparer d'Henriette lui était insupportable, mais il ne voulait pas être une entrave à son destin.

« Je fus heureux, devait-il écrire plus tard, autant que cette femme adorable le fut avec moi. Nous nous aimions de toute la force de nos facultés... »

Il avait été convenu qu'un oncle d'Henriette viendrait la chercher à Genève, et les deux amants prirent ensemble le chemin des bords du lac Léman.

Une chambre de l'hôtel des Balances les accueillit pour leur dernière nuit d'amour, la plus triste, la plus passionnée à coup sûr qu'ils eussent jamais vécue, une nuit au cours de laquelle ils ne dormirent guère. La fatigue cependant finit par fermer les yeux de Giacomo, mais en se réveillant, il s'aperçut qu'il faisait grand jour, et qu'il était tout seul. Rien ne restait dans la chambre du passage de la belle Provençale, sinon la trace de son parfum, et sur une vitre, une inscription qu'elle avait gravée avec sa bague, un diamant qu'il lui avait offert.

« Tu oublieras aussi Henriette... »

Il trouva encore autre chose : cinq rouleaux d'or de cent louis chacun, tendre attention d'une maîtresse aimante, et viatique pour une route dont ni l'un ni l'autre ne savait où elle allait mener le jeune homme.

Il resta quelques jours à Genève, le temps de recevoir de sa bien-aimée un court et tendre billet :

« Soyons assez sages pour imaginer que nous avons fait un songe et ne nous plaignons pas de notre destin, car jamais songe délicieux n'a été aussi long... »

Alors, Casanova se souvint que son ami Antoine Baletti l'attendait à Lyon. Il n'avait plus rien à faire à Genève, et s'en alla retenir une place dans la malle-poste de Lyon, d'où il pourrait enfin gagner la capitale de la France avec au cœur l'espoir que les belles de Paris sauraient peut-être lui faire oublier l'adorable mais trop sage Henriette...

IV

Le pourvoyeur du Parc-aux-Cerfs

La journée avait été longue. La chaise de poste roulait depuis le matin et les voyageurs exténués avaient l'impression que cette étape-là ne finirait jamais. L'approche de Paris aiguisait les impatiences et faisait paraître interminables les lieues qui s'ajoutaient aux lieues. Pourtant, le spectacle de ce jour d'automne finissant sur la forêt de Fontainebleau avait quelque chose de magique. Les tons roux des arbres ressortaient magnifiquement sur les rochers gris et se reflétaient avec grâce dans les eaux dormantes des étangs. Au détour du grand chemin, la silhouette rose du grand château royal s'encadra tout à coup, défendu par un miroir d'eau et d'immenses pelouses, arrachant aux deux Italiens une exclamation de surprise.

— Je crois que tu as raison, fit Casanova, tout à fait consolé de sa rupture helvétique. C'est bien beau, la France.

Il la trouva plus belle encore quelques minutes plus tard, quand une élégante voiture apparut tout à coup, venant en sens inverse, et barra tranquillement la route à la malle-poste. Le cocher jura furieusement, mais déjà, une femme encore jeune, tout emmitouflée de soie, coiffée à ravir, sauta à bas de la voiture et s'avança vers la malle, jetant au passage une pièce d'or au cocher aussitôt radouci. Les voyageurs, déjà craintifs, car les attaques étaient assez fréquentes dans la forêt, se penchèrent aux portières. Antonio eut un cri de joie.

— Ma mère, c'est ma mère ! Elle est venue au-devant de nous... Messieurs, s'écria-t-il avec un geste large englobant ses compagnons de voyage qui commençaient à grogner, messieurs, souffrez que je vous présente à la grande Sylvia Baletti, l'étoile de la Comédie-Italienne et...

— Tu seras toujours aussi bavard, *Tonio mio,* cria la comédienne. Tu ferais mieux de descendre et de venir m'embrasser. Je viens te chercher...

Un instant plus tard, Antonio, remorquant Casanova, tombait dans les bras de Sylvia, qui embrassa le camarade de son fils aussi chaleureusement que ledit fils lui-même. Une nouvelle pièce convainquit le cocher de descendre les bagages des deux Vénitiens puis, tandis que la malle-poste reprenait sa route, Sylvia et ses « enfants » réintégraient avec joie la voiture de la comédienne pour gagner la meilleure auberge de Fontainebleau.

Tandis que mère et fils échangeaient une foule de nouvelles, Casanova examinait Sylvia. Plus très jeune, assez proche même de la cinquantaine, ce qui à l'époque équivalait à la vieillesse, mais belle encore tout de même : de grands yeux noirs, pleins de feu, sous un front assez bas, un teint demeuré frais, des cheveux sans un fil blanc et avec cela, une silhouette de jeune fille mettant pleinement en valeur une gorge fort appétissante.

Sylvia avait trop l'habitude des hommes pour ne pas sentir l'effet produit par elle sur le jeune ami de son fils. Toutefois, en rencontrant le regard ardent de Giacomo, elle ne put s'empêcher de rougir.

— Ainsi, vous êtes ce Casanova dont Antonio prétend qu'aucune fille ou femme ne lui résiste ?... Vous devez être, monsieur, un fort mauvais sujet.

— Est-ce être mauvais sujet qu'admirer la beauté là où elle se trouve et faire connaître cette admiration ? Je ne suis rien d'autre qu'un admirateur... fervent.

Sylvia eut une moue coquette et ne répondit pas, mais le lendemain, quand le trio arriva à Paris, elle et Giacomo étaient déjà les meilleurs amis du monde... en attendant mieux.

À Paris, les Baletti habitaient une belle maison bien meublée, située rue des Deux-Portes-Saint-Sauveur (actuelle rue Dussoubs) et appartenant à une certaine marquise d'Urfé, aristocrate mûre et légèrement timbrée, qui éprouvait pour les sciences occultes une véritable passion, et devait plus tard jouer dans la vie de Casanova un rôle à la fois grotesque et réjouissant.

La famille se composait, outre Sylvia, de son époux Mario, de sa fille, la petite Manon, qui n'était encore qu'une enfant, et bien entendu, d'Antonio. Mais si vaste que fût la maison, on jugea préférable de loger Casanova en dehors, afin d'éviter les bavardages.

— La réputation d'une comédienne est chose fragile, minauda Sylvia, et vous êtes, mon cher Giacomo, de ceux auxquels les réputations ne doivent guère résister.

En fait, la fine mouche, qui savait déjà quelle tournure prendraient ses relations avec le beau Vénitien, préférait de beaucoup qu'il eût un chez lui où il serait facile et agréable de le rejoindre sans éveiller les soupçons de Mario, dont le naturel était plutôt porté vers la jalousie.

On installa donc Giacomo à l'hôtel de Bourgogne, rue Mauconseil, dont la propriétaire était une certaine dame Quinson, pourvue d'une fille de quinze ou seize ans, la jolie Mimi, danseuse de son état. Autant dire tout de suite qu'à peine installé, notre séducteur fit coup double car, avec un bel ensemble, Sylvia Baletti et la jeune Mimi le prirent pour amant, probablement sans s'illusionner beaucoup sur sa fidélité.

— À Paris, disait Sylvia, un homme qui n'a qu'une maîtresse est presque aussi ridicule qu'un mari.

On n'est pas plus explicite. Bonne fille, d'ailleurs, la comédienne, tenant essentiellement à ce que son protégé prît tout de suite l'air de Paris, entreprit non seulement de l'entretenir, mais encore de lui donner les maîtres aptes à policer des mœurs sentant encore un peu le sauvage, et surtout à « limer » un accent italien par trop rocailleux tout en initiant le jeune homme aux beautés de la langue française.

À vrai dire, Casanova parlait déjà assez bien le français. Entre Genève et Paris, Antonio et lui s'étaient arrêtés un assez long laps de temps à Lyon, où un certain M. de Rochebaron s'était pris d'amitié pour Giacomo, qui l'avait régalé de quelques-uns de ses tours de magie. Paternel comme l'avait été le bon Bragadino, Rochebaron avait même poussé l'affection jusqu'à introduire son nouvel ami « aux ultimes bagatelles de la franc-maçonnerie », la nouvelle folie du jour, sans laquelle on ne pouvait décemment faire carrière dans la société.

Chez Sylvia, Casanova rencontra le maître qui lui manquait : le dramaturge Crébillon, bête noire de Voltaire, un grand diable haut en couleur n'aimant guère que sa pipe, ses chats (il en avait dix !) et ses chiens (il en avait vingt-deux !). Le tout entassé dans sa maison du Marais et géré par une gouvernante atrabilaire. Mais Casanova, toujours aussi charmeur, réussit à apprivoiser l'ours Crébillon, qui l'admit généreusement au nombre de ses « animaux »... et lui inculqua le français jusque dans ses plus rares finesses.

Outre cela, ses étroites relations avec la famille Baletti lui valurent ses entrées dans les théâtres, où naturellement, il fit des ravages. À part la danseuse Mimi Quinson, Casanova séduisit les deux charmantes filles de l'acteur Véronèse, Camille et Caroline, puis une autre Camille, appartenant celle-là à la Comédie-Italienne, comme Sylvia, la jolie Camille Vézian qui, à ses talents de comédienne, joignait un art consommé pour tirer des hommes le nécessaire et même le superflu.

Elle eut pour Giacomo un violent penchant, mais celui-ci ne résista pas très longtemps à l'entrée en scène d'un certain marquis fort riche, qui couvrit la belle de diamants beaucoup plus gros que sa cervelle. Philosophe, Casanova se chercha une autre maîtresse. Un peu moins dispendieuse, car l'argent de Bragadino n'existait plus depuis longtemps, celui d'Henriette s'était dissipé dans les salles de pharaon, et s'il acceptait volontiers l'hospitalité des Baletti, il était tout de même délicat pour Casanova de leur demander l'argent de ses menus plaisirs.

Pour se le procurer, notre héros pensa qu'il lui serait peut-être possible d'exploiter ses talents de « médecin » et de « cabaliste ». C'est ainsi qu'ayant entendu un jour parler des petits ennuis de santé de la duchesse de Chartres, fille du prince de Conti et princesse du sang depuis son mariage avec l'héritier des Orléans, Casanova décida de payer d'audace et de se présenter à elle.

Il n'eut guère de peine à se faire admettre. La duchesse, qui avait le visage couvert en permanence de petits boutons dus à une nourriture trop échauffante — elle était gourmande comme une poêle à frire! — était prête à se donner au diable pour sortir de ce qu'elle tenait pour une affreuse disgrâce.

— Monsieur, lui dit-elle, si votre art peut quelque chose pour moi, je saurai me montrer reconnaissante.

— Je ferai de mon mieux, Votre Altesse, mais les miracles ne se peuvent faire qu'avec la bonne volonté des malades. Êtes-vous prête à m'obéir?

La duchesse jura tout ce que voulut le beau

Vénitien qui, pour la mettre en condition, commença par lui faire « le coup de la cabale », interrogea son oracle des lettres transposées en nombres, dont il fit une pyramide qu'il décomposa ensuite, après quoi, dûment renseigné par l'oracle, ou tout au moins affectant de l'être, il prescrivit à la duchesse une purge légère, des lavages à l'eau de plantin... et un régime qui faisait grand honneur à l'intelligence de Casanova, car il constituait tout simplement le tout premier régime diététique.

Le résultat fut étonnant. La duchesse récupéra en un rien de temps un teint de lys et de rose, offrit une bourse fort arrondie à « son cher médecin », jura qu'il pouvait lui demander ce qu'il voulait, promit de parler de lui au Roi... et se remit doucement à ses anciennes habitudes. Quinze jours plus tard, les boutons avaient reparu.

Rappelé d'urgence, Casanova se fâcha, fit avouer à son auguste patiente qu'elle avait mangé des choses tout à fait contraires à son régime, la nettoya de nouveau pour un temps et finit par prendre la douce habitude de se rendre périodiquement au Palais-Royal pour remettre la duchesse au régime après de trop grands excès. Afin d'entretenir sa confiance, il parlait avec emphase de certaines études qu'il poursuivait afin de découvrir lui aussi l'élixir de jeunesse, cet élixir qui faisait alors courir tout Paris à la porte du célèbre comte de Saint-Germain.

Ainsi remis à flot par les largesses de la duchesse, Casanova put s'occuper plus assidûment de sa nouvelle affaire de cœur.

En face de la maison des Baletti, habitait une curieuse famille irlandaise qui avait souvent maille à partir avec le lieutenant de police : les O'Morphy. Il faut bien dire que ces gens étaient assez peu recommandables. Le père menait de front deux carrières : celle de savetier, qui ne lui rapportait guère, et celle de voleur à la tire, qui lui rapportait un peu plus quand il n'était pas en prison. La mère était revendeuse à la toilette et, comme son époux, se livrait à un autre commerce, nettement plus rémunérateur : celui de ses charmes et de ceux de ses filles. Et comme, des filles, elle en avait cinq, les affaires ne marchaient pas trop mal.

À dire vrai, la dernière fille n'était pas encore mise sur le marché parce que trop jeune : elle n'avait pas quinze ans. En outre, elle était si sale et si déguenillée, vraie Cendrillon de la maison, que personne n'aurait pu dire de quelle couleur exacte était sa peau.

Mais il fallait plus qu'une couche de crasse pour mettre en défaut le flair d'un chasseur de femmes de la force de Giacomo. La silhouette de la jeune Louison était de celles qui font retourner les hommes dans la rue. Il commença donc par mettre en confiance l'enfant, lui parla gentiment, lui fit de menus cadeaux. Puis, un jour que la famille était à ses « affaires », il fourra Louison dans une voiture et l'emmena à Chaillot chez une sienne amie, une certaine Mme Paris, qui tenait un tripot doublé d'une élégante maison close, non pour y laisser sa protégée d'ailleurs, mais pour la confier à cette excellente dame, le temps d'un vigoureux récurage et de l'introduction dans des robes neuves.

Le résultat fut prodigieux : entrée sous la forme peu engageante d'un paquet de loques crasseuses, Louison sortit transformée en modèle digne d'un peintre, un vrai Greuze ! Brune, de grands yeux bleus, fraîche, potelée, le plus joli visage qui se pût voir et une peau d'une blancheur sans égale.

Subjugué par sa trouvaille, Casanova se garda bien de la ramener à sa mère. Il l'installa chez lui, non sans avoir fait passer dans les mains sales de la dame O'Morphy l'une des plus fastueuses générosités de sa duchesse.

Ce furent quelques semaines de véritables délices. Louison était une maîtresse charmante, naïve, ardente, et semblait elle aussi fort éprise de son séducteur. Elle trouvait plaisir à sortir avec lui, à se montrer à son bras au Cours-la-Reine, mais comme les autres filles de sa maison, elle ne tarda pas à montrer quelques exigences financières. Si séduisant que fût Casanova, il ne pouvait lutter que difficilement avec tous les hommes qui, à la promenade, couvraient sa conquête d'œillades assassines.

Il en vint à penser qu'au lieu de lui coûter cher, la jolie Louison pourrait peut-être concourir à sa fortune. Il y pensa même très sérieusement le jour où, à l'hôtel de Transylvanie, la maison de jeu à la mode, il fit la connaissance du premier valet de chambre du Roi.

La Porte était toujours à l'affût d'une frimousse nouvelle à offrir à son royal maître. La ravissante Irlandaise lui parut exactement ce qu'il cherchait, et il se lia d'amitié avec son protecteur en titre. Au bout de quelque temps, il fit entendre qu'il pourrait être d'un grand intérêt pour le signor Casanova de « faire plaisir » à Sa Majesté...

Faire plaisir au roi Louis XV, Casanova ne demandait pas mieux. Encore fallait-il que le souverain pût se rendre compte par lui-même de la beauté de Louison, et à Versailles, la marquise de Pompadour exerçait une surveillance assez sévère à l'endroit des jeunes femmes qu'elle n'avait pas choisies elle-même.

— Il y a un moyen bien simple, conclut Casanova. Je vais faire exécuter un portrait de ma jeune amie et vous n'aurez plus, monsieur de La Porte, qu'à le mettre sous les yeux du Roi.

Ainsi fut fait. Un peintre allemand, dont la postérité n'a pas retenu le nom, exécuta de Louison un portrait agréablement dévêtu et ledit portrait fut, un beau soir, secrètement introduit à Versailles par les soins diligents de La Porte et mis, à une heure propice, sous les yeux du Roi.

Louis XV fut ébloui.

— Je ne puis imaginer, s'écria-t-il, que la nature ait pu produire une enfant aussi belle. Ceci n'est sans doute qu'une œuvre d'imagination...

— Le modèle existe, Sire, je peux l'affirmer à Votre Majesté... Je l'ai vu de mes yeux !

— J'aimerais en croire les miens, fit le Roi en souriant. Est-ce possible ?

— Si Votre Majesté le désire, c'est fait...

Quelques jours plus tard, Louison, emballée dans plusieurs épaisseurs de soie et de dentelles, était conduite discrètement dans certain petit hôtel discret de la rue du Parc-aux-Cerfs qui avait l'honneur de recevoir temporairement les jolies filles n'appartenant pas à la Cour et qui avaient une chance de plaire au Roi.

Louison y réussit à merveille, au point de donner au Roi un fils et de finir par inquiéter sérieusement Mme de Pompadour.

Cependant, elle était perdue pour Casanova. Évidemment, il avait trouvé une substantielle consolation dans les « remerciements » de La Porte, mais il n'en éprouva pas moins quelque vague à l'âme d'être si définitivement privé de sa jolie trouvaille.

Cherchant à s'étourdir, il fréquenta de plus belle les tables de pharaon, joua un jeu d'enfer, tricha même un peu, et finalement, se prit de querelle avec un certain vicomte de Talvis, sans doute pas plus honnête que lui, mais qui l'avait pris la main dans le sac. L'affaire tourna mal pour notre aventurier.

Il y eut duel, blessure de l'adversaire. Celui-ci, peu élégamment, dénonça Casanova à la police, qui pour une fois, fit diligence.

Prévenu à temps par Sylvia, qui avait des intelligences partout, le pauvre Giacomo dut s'enfuir précipitamment, abandonnant une situation qui commençait à s'annoncer brillante mais pouvait, s'il se faisait prendre, le mener tout droit ramer en Méditerranée sur les galères de Sa Majesté. Or, les vacances sur la Côte d'Azur n'étaient pas encore à la mode et ce genre de navigation n'avait que fort peu de ressemblance avec la plaisance.

Ne sachant trop où aller, Casanova se dit qu'après tout, il ne connaissait pas l'Allemagne, que sa mère habitait toujours Dresde, où sa situation était florissante, et qu'une bonne mère se devait de venir en aide à son fils malheureux.

Il partit donc pour Dresde, non sans avoir juré mille et mille fois à la famille Baletti en larmes de revenir un jour prochain.

V

Prisonnier des Plombs !

Venise, son charme, ses maisons de jeu et ses courtisanes étaient trop solidement accrochés au cœur de Casanova pour qu'il acceptât d'en demeurer longtemps séparé... Passés les premiers jours de retrouvailles avec sa mère et le premier émerveillement causé par la ville de Dresde et les fastueux édifices élevés à sa propre gloire par le roi de Pologne-électeur de Saxe, notre voyageur en vint à penser que la *dolce vita* saxonne ne lui convenait guère. Trop de beuveries... et à la bière encore ! C'était insoutenable pour le fils adoptif de Zuan Bragadino et de ses deux amis.

Un beau jour, se flattant que le Conseil des Dix devait avoir à présent d'autres chats à fouetter, et prêt d'ailleurs à prendre tous les risques pour revoir sa Sérénissime patrie, il fit ses bagages, embrassa sa mère, son frère Francesco, qui était allé lui aussi essayer ses talents de peintre à la cour de Saxe, et reprit joyeusement le chemin du pays natal.

Ce fut une rentrée quasi triomphale car, bien entendu, les trois vieillards tuèrent le veau gras en l'honneur de l'enfant prodigue. Et puis, deux jours après l'arrivée de Giacomo, Venise célébrait la plus grande fête de l'année, celle du Rédempteur, au cours de laquelle le Doge, à bord du *Bucentaure,* s'en allait renouveler l'alliance de la Sérénissime et de la Mer. C'était la bonne époque pour un retour en grâce...

Casanova reprit avec délices l'indolente vie vénitienne que lui procurait la fortune de ses protecteurs. On le revit, vêtu de la « baûta », le voile noir couvrant la tête et les épaules et soutenant le tricorne emplumé, habillé de soie et de velours, et portant le masque blanc à profil d'oiseau qu'affectionnaient les élégants. À nouveau, il fréquenta la place Saint-Marc, la promenade réservée aux élégants, les *ridotti,* ou maisons de jeu, et les *casini,* tripots secrets où l'on buvait sec en compagnie de jolies femmes peu farouches.

Il recommença à brûler sa vie avec ardeur. Il passait ses nuits en orgies ou autour des tables de pharaon et de bassette puis, quand revenait le jour, s'en allait à l'Erberia, près du Grand Canal, pour s'emplir les poumons de l'air vif du matin en regardant aborder les barques chargées de légumes et de fruits qui s'en venaient au marché du Rialto.

Bien sûr, il n'oubliait pas l'amour, ce compagnon de tous les instants. Au détour d'un lambris doré, il retrouva Thérèse Imer, cette jolie fille qu'il avait osé disputer au sénateur Malipiero et qui lui avait valu son exil dans les terres pelées de Calabre. Les retrouvailles furent agréables, sans plus, et encore uniquement pour Giacomo, car Thérèse, qui avait fait une belle carrière à Bayreuth, chez le Margrave, s'aperçut vite qu'une femme quittée était une femme oubliée pour son ancien amoureux.

L'aventure fut brève, et laissa Thérèse désenchantée, assez meurtrie même. Aucune femme n'aime s'apercevoir qu'elle n'est qu'un passe-temps pour l'homme choisi. Et le malheur voulait que le cœur de Giacomo fût pris ailleurs.

Au cours d'une folle partie de bassette, au ridotto de la place Saint-Marc, il s'était lié d'amitié avec un certain Pietro Campana, officier de fortune toujours à court d'argent mais sympathique. Casanova lui avait prêté quelques ducats et l'autre, ne sachant trop comment s'acquitter car la chance continuait à le maltraiter, avait soudain trouvé une curieuse façon de s'en tirer.

— Prêtez-moi encore quelques sequins, supplia-t-il. La chance ne peut me demeurer contraire aussi longtemps. Et, ajouta-t-il en voyant son ami esquisser un geste de refus, je vous ferai connaître la plus jolie fille de Venise.

— La plus jolie ? Je les connais toutes et je ne vois pas...

— Vous ne connaissez pas celle-là. C'est ma sœur, Catarina ! Elle a quinze ans, elle est belle comme le jour, svelte avec des yeux de feu, d'immenses cheveux noirs, une peau où le soleil semble avoir pris logis. Un corps...

— Eh là ! Êtes-vous bien sûr au moins qu'elle soit votre sœur ? Vous en parlez comme un maquignon d'un cheval !

— C'est parce que je l'aime, et parce que je vous aime aussi. Rien ne me rendrait plus heureux que de vous voir vous accorder. Catarina est sage, naïve, mais je crois que vous lui plairez.

Campana eut ses sequins et Casanova sa présentation à la jeune Catarina. Ce fut, inutile de le préciser, un double coup de foudre. Campana n'avait rien exagéré. Catarina était ravissante et Giacomo flamba au premier coup d'œil. De son côté, la jeune fille fut loin d'être insensible au charme de ce grand garçon de trente ans, à la peau basanée et à l'œil hardi, qui s'inclinait devant elle avec l'allure d'un grand d'Espagne devant sa reine.

Un soir où le père était absent, il lui donna même la sérénade, mais si la première partie du concert se passa pour les deux amoureux l'un dans une barque et l'autre sur son balcon, la seconde servit de contrepoint aux soupirs de la jolie Catarina qui, au fond de son lit, se donnait à Giacomo avec toute l'ardeur de sa jeunesse.

Ce furent des amours charmantes et typiquement vénitiennes, faites de rendez-vous furtifs et passionnés, de lentes promenades en gondole, de soupirs, de serments et de grattements de mandolines. Mais ce furent des amours brèves, car le vieux Campana, en bon père soucieux à la fois de sa descendance et de l'avenir de sa fille, lui avait trouvé un mari, un commerçant comme lui, riche et bien renté.

Le commerçant avait le tort de n'être point beau et même pas très jeune. Follement amoureuse de son Giacomo, Catarina refusa net la bague de fiançailles et ce fut, dans la belle maison des Campana sur le rio des Saints-Apôtres, une de ces scènes tragico-burlesques comme Labiche devait en écrire tant, dans un siècle encore à venir, pour la plus grande joie des Français.

Campana père pensa étouffer de fureur, battit quelque peu sa fille, et comme elle s'obstinait à tenir à son idée fixe d'épouser ce mauvais sujet de Casanova, il s'en remit, pour amener la rebelle à réfléchir, au seul moyen convenable et commode que connût un père vénitien : le couvent.

— Tu ne reverras pas Catarina, confia un beau soir Pietro à son ami Giacomo. Le père l'a envoyée au couvent. Elle est partie ce matin pour Murano.

— Murano ? Sais-tu à quel couvent on l'a mise ?

— Bien sûr, San Giacomo de Galizzia !

D'abord sombre, la mine de Casanova s'épanouit. Tous les « pièges à fille » de Venise ne se ressemblaient pas, Dieu merci. Certains, ceux où abordaient les véritables vocations, avaient toute la sévérité souhaitée par sainte Thérèse d'Avila, mais les autres, ceux qui servaient aux familles de dépotoirs commodes pour les filles en surnombre, se gardaient bien de rompre avec les joies de l'existence. Ces couvents-là, immortalisés par le pinceau de Longhi, ressemblaient davantage à des salons qu'à des retraites monacales ou à des ermitages. Les nonnes, si l'on peut les appeler ainsi, s'habillaient à la dernière mode et recevaient chaque jour leurs amis, coiffées, fardées, quand elles ne sortaient pas pour se rendre dans quelque maison amie... ou a quelque rendez-vous. Et fort heureusement, le couvent où Campana père avait envoyé sa fille était de ceux-là.

Mais le bonhomme, n'étant pas tombé de la dernière pluie, avait exigé, en payant la pension de sa fille, qu'on lui refusât toute visite, surtout masculine, pendant un certain temps tout au moins. Et le jour où Casanova, tout vêtu de satin vert, se présenta au couvent, il fut poliment averti que la signorina Catarina Campana était malade et ne recevait pas.

Elle n'était sans doute pas si malade que cela car le lendemain, il recevait d'elle une petite lettre fort éplorée dans laquelle la recluse lui faisait part de ses douleurs, qui eussent été insupportables à coup sûr sans la présence d'une certaine sœur Maria-Maddalena, qui s'était prise pour elle d'une tendre affection, la gâtait de toutes les façons, se comportant comme une sœur aînée.

« C'est à elle qu'il faut adresser vos lettres, mon bien-aimé, si vous voulez bien prendre la peine d'écrire à une pauvre enfant qui meurt de vous. Elle me les remettra fidèlement et se chargera de vous faire tenir les miennes. C'est un ange... »

Par l'entremise de l'ange en question, Casanova et la tendre Catarina échangèrent quelques brûlantes missives qui, avec le temps, d'ailleurs, s'espacèrent sans raison apparente.

Casanova commençait à s'en inquiéter quand, un beau matin, il reçut un billet fort bref, signé M. M., qui le convoquait au couvent San Giacomo dans l'après-midi.

Il ne se fit pas répéter l'invitation, fréta une gondole et se précipita à Murano dans l'espoir d'apercevoir enfin sa jeune maîtresse car, dans sa lettre,

M. M. lui disait qu'il aurait sans doute tout lieu de se féliciter de sa visite.

Installé dans l'élégant parloir du couvent, il vit venir à lui, derrière la large grille aux volutes élégantes, une fort jolie fille à la peau de lait avec d'admirables yeux bleus. Elle portait une robe modeste, mais le voile de dentelles qui couvrait sa tête ne parvenait pas à dissimuler sa luxuriante chevelure d'un joli châtain clair.

— Ainsi, dit-elle, vous êtes le seigneur Casanova ? Je vous remercie d'être venu. Il y a longtemps que je désirais vous rencontrer. Catarina parle toujours de vous.

— J'espère qu'elle va bien, que rien de désagréable...

— Rassurez-vous, tout va bien. Elle est occupée ailleurs aujourd'hui. C'est moi qui désirais vous voir.

— Pour quelle raison ?

— Pour vous voir, simplement. J'avais envie de savoir si vous me plairiez, ajouta-t-elle avec un coup d'œil si langoureux que Casanova, du coup, en oublia Catarina.

Cette fille était deux fois plus belle encore.

— Et alors ? fit-il la gorge sèche.

— Venez ce soir à l'adresse écrite sur ce papier, fit-elle en glissant un petit rouleau blanc entre les volutes de la grille, vous le saurez.

Le soir même, Giacomo retrouvait Maria-Maddalena dans une petite maison au bord de la lagune. Elle était habillée en garçon, d'un habit de velours rose brodé de paillettes d'or, avec des culottes de satin noir qui moulaient des jambes divines. Un souper était préparé sur une petite table, au milieu d'une pièce toute tendue de soies roses. Devant la surprise de son invité, Maria-Maddalena sourit.

— Cela ne vous plaît pas ?

— Cela me plaît infiniment. Mais où sommes-nous ?

— Chez moi. Cette maison, plus exactement, appartient à mon amant : un Français très riche, qui me passe tous mes caprices. Et vous êtes l'un de ces caprices. Je suis prête à présent à vous prouver à quel point vous me plaisez, ajouta-t-elle en commençant à ôter ses vêtements.

Les rendez-vous se succédèrent dans la petite maison, à la fois passionnés et irritants car la belle Maddalena n'accordait que son corps et rien de sa personnalité ou de sa vie réelle. Mais elle avait l'âme charitable, et peut-être perfide, car une nuit, en arrivant au rendez-vous, Giacomo eut la surprise de trouver... Catarina, qui l'attendait, nue, dans le lit déjà défait.

— Maria-Maddalena va venir nous rejoindre plus tard, déclara-t-elle à son ancien amant abasourdi. La fille décidément avait fait de grands progrès. Quelques minutes plus tard, en effet, Maria-Maddalena, aussi peu vêtue, venait rejoindre le couple, se mêlait à ses ébats et annonçait, finalement, que son amant français n'allait pas tarder à se joindre à la fête.

C'est ainsi, au cours d'une orgie tout intime, que Casanova fit la connaissance de l'ambassadeur de France à Venise, l'abbé de Bernis, et devint l'un de ses plus chauds amis.

Les semaines qui suivirent furent des plus agréables pour les quatre amis qui, chaque nuit, se retrouvaient ainsi pour festoyer et se livrer en commun aux jeux de Vénus. Bernis savait qu'il ne tarderait pas à être rappelé à Paris et mettait en quelque sorte les bouchées doubles en organisant fête sur fête. S'il s'en fût contenté, Casanova se fût sans doute évité de gros ennuis. Mais son appétit des femmes était insatiable. Passer continuellement de Catarina à Maddalena et même aux deux ensemble parfois, car l'abbé, plus âgé que lui, n'avait pas la même santé, ne lui suffisait pas. En outre, il avait recommencé à pratiquer l'alchimie, ce qui était une fort mauvaise idée si l'on considérait ses nouvelles amours.

Il avait en effet jeté son dévolu sur une belle patricienne, Luciana Zorzi, qui, bien entendu, s'était montrée rapidement sensible à ses regards ardents. Malheureusement, quelqu'un d'autre aimait Luciana sans avoir jamais réussi à obtenir ses faveurs, et ce quelqu'un n'était autre que Paolo Condulmero, l'Inquisiteur d'État, celui que l'on nommait en tremblant l'« Inquisiteur rouge ».

Condulmero était un dévot aux passions d'autant plus redoutables qu'elles étaient plus refoulées. Il n'eut aucune peine à comprendre que la femme dont il était épris était toute prête à se donner à ce suppôt de Satan que l'on nommait Giacomo Casanova. Et il lança à ses trousses un certain Manuzzi, courtier en bijoux en apparence, mais en réalité, l'espion le plus habile du Saint-Office.

Or, un matin de juillet 1755, alors qu'il revenait comme d'habitude de respirer l'air frais de l'Erberia, Casanova trouva, en rentrant dans son logis des Fondamente Nuove, sa serrure forcée, sa porte ouverte, son appartement sens dessus dessous et sa logeuse en larmes.

— Un grand personnage est venu ici avec des hommes noirs, lui confia-t-elle en pleurant. Il a tout retourné, et il est reparti en emportant une grande quantité de livres. Et... et il riait.

Casanova se sentit pâlir. Ces livres pouvaient signifier sa condamnation à mort, car c'étaient pour la plupart des livres d'alchimie comme *Les Clavicules de Salomon* ou *Le Zacorben*. Des ouvrages cabalistiques aussi, et pas mal de bouquins plus que légers, tels que les *Ragionamenti* de l'Arétin.

Mais s'il possédait une qualité, c'était le courage et, à la pauvre femme qui le suppliait de fuir, il riposta :

— Chacun a le droit de lire ce qu'il veut. Je ne fuirai pas pour quelques bouquins, car je n'ai fait de mal à personne.

Il fit la même réponse au pauvre Bragadino, qui accourait à cette minute, tout à fait affolé, pour porter de l'argent à « son cher enfant » et le supplier de quitter Venise une fois de plus s'il avait seulement pour lui le quart de la tendresse qu'il lui portait.

— Je n'ai rien à me reprocher, répéta Giacomo. Fuir serait m'avouer coupable.

— Mais, malheureux, tu ne sais pas ce que tu risques. L'Inquisiteur rouge prétend que tu envoûtes les femmes grâce à des pratiques sataniques.

— En voilà des sottises ! Ce n'est pas de ma faute si je plais aux femmes.

— Je le sais bien, mais je sais aussi ce que je dis. Condulmero a trouvé des témoins. On dit qu'il y a trois nuits, la comtesse Bonafede s'est enfuie de chez toi toute nue, cheveux aux vent, hurlant que tu l'avais envoûtée et te maudissant...

— C'est faux. Et je ne fuirai pas !

— Alors, il ne me reste plus qu'à mourir de chagrin, mon fils, car l'Inquisiteur rouge ne lâche jamais une proie.

— Eh, qu'il me traîne en justice ! Je saurai bien me défendre. Rassurez-vous, mon père, je ne suis pas encore mort. On n'arrête pas un homme sur des divagations de folle et pour quelques bouquins.

C'était nier l'évidence et faire preuve d'un entêtement qui pouvait paraître stupide. Mais Casanova, s'il ne le disait pas, comptait sur la puissance de la Franc-Maçonnerie pour le tirer d'affaire. Le grade qu'il y avait conquis était assez important pour que même un Inquisiteur d'État y regardât à deux fois avant de l'envoyer en prison.

Hélas, Condulmero était aussi vindicatif et borné que Casanova était têtu. À l'aube du 26 juillet, les sbires de la Sérénissime République venaient saisir le délinquant dans son lit. Lui laissant tout juste le temps de s'habiller, ils le jetèrent dans une gondole fermée qui ne s'ouvrit pour lui, après maints détours, qu'à l'entrée des prisons de Venise. Restait maintenant à savoir si le prisonnier aurait droit aux Puits, les cachots souterrains toujours inondés, ou aux Plombs, les prisons sous les toits garnis de plomb, que l'été faisait brûlantes et l'hiver glaciales. Ce furent les Plombs !

VI

La folle évasion

Être enfermé sous les plombs de Venise au mois de juillet équivaut à peu de chose près à séjourner dans un four. Les feuilles de plomb de la toiture conservent la chaleur et la répercutent triplée, la rendant quasiment intolérable.

La prison où l'on avait jeté Giacomo était une sorte de cellule privée de lumière. Le seul éclairage venait par l'étroit guichet de la porte. Cette cellule communiquait par une porte étroite avec un grenier sans ouverture dans lequel étaient entassés une foule de détritus. Le geôlier y enfermait son prisonnier chaque jour tandis qu'il nettoyait sa prison.

Ce geôlier, Lorenzo Bassadona, n'était pas un mauvais homme. Il faisait son service avec une grande régularité, mais comme il trouvait Casanova plutôt sympathique, il s'accordait parfois le loisir de bavarder un moment avec lui. C'est ainsi que le prisonnier apprit de lui l'emplacement exact de son cachot : juste au-dessus de la chambre de Cavalli, le secrétaire de l'Inquisition, qui l'avait reçu à son arrivée et ordonné qu'il fût mis au secret.

Ce simple renseignement suffit à Giacomo pour échafauder un plan d'évasion. En effet, il n'espérait guère passer en jugement. Les quelques paroles qu'il avait pu échanger avec Domenico Cavalli l'avaient éclairé sur son sort futur : on le laisserait très certainement cuire sous les Plombs jusqu'à ce que la mort le prenne en pitié.

Or, en arpentant le grenier voisin durant le ménage de sa chambre, il fit une double trouvaille, qui lui parut pleine d'intérêt : une lame de verrou en fer et un morceau de marbre noir, qu'il cacha sur lui. Ce n'était pas très facile car, à cause de l'écrasante chaleur, il vivait presque nu, se recouvrant seulement la nuit pour se protéger des rats qui pullulaient et lui causaient une insurmontable horreur.

Revenu dans sa cellule et laissé à lui-même, le prisonnier se mit à l'œuvre avec l'inlassable patience de ceux pour qui le temps ne compte plus. Lentement, il parvint à modeler sa barre de verrou, à l'aiguiser, et obtint ainsi une sorte d'esponton à lame « octangulaire », suffisamment solide pour lui permettre d'envisager un travail de beaucoup plus grande importance : percer un trou dans son plancher, percer ensuite le plafond de Cavalli et, une belle nuit, descendre par là dans l'intérieur du palais au moyen de ses draps et aller se cacher sous le tapis recouvrant la table de la Grande Chambre de Justice pour y attendre tranquillement l'ouverture des portes.

Malheureusement, il ne put se mettre tout de

suite à l'œuvre. Le manque d'air, ses luttes incessantes avec les rats l'abattirent complètement. Il eut de la fièvre, et Lorenzo Bassadona, dûment payé d'ailleurs par le bon Bragadino, craignit de perdre un client si profitable. Il fit appeler un médecin, qui prescrivit de l'eau d'orge et un minutieux nettoyage du cachot afin d'en chasser les rats. Ce qui fut fait.

Un peu réconforté, Giacomo se mit au travail dès qu'il sentit la santé lui revenir. Mais alors se présenta un autre problème : comment empêcher Lorenzo de trouver les débris arrachés par l'esponton quand il viendrait balayer comme chaque jour ?

L'imagination du prisonnier lui fournit assez vite une solution : il se piqua le doigt, tira autant de sang qu'il put, en tacha convenablement un mouchoir et finalement appela au secours. Lorenzo, qui venait tout juste de finir son balayage, accourut et trouva son prisonnier étendu sur son lit, le mouchoir près de la bouche.

— Il y a trop de poussière ici, dit Giacomo d'une voix mourante. Regarde, ami, je viens de cracher le sang. Je n'en ai plus pour longtemps.

— Je vais rappeler le médecin, assura le geôlier.

Le médecin revint, mais ses connaissances médicales étant fort peu étendues, qu'en outre il en avait assez de ce prisonnier qui l'obligeait à grimper un peu trop souvent sous les toits du palais, il se contenta de déclarer qu'en effet, balayer était dangereux et qu'il fallait cesser jusqu'à nouvel ordre de remuer quoi que ce soit dans le cachot.

Casanova se garda bien de dire le contraire et, demeuré seul, attaqua joyeusement son plancher.

La tâche risquait d'être ardue : au cours de ses travaux le prisonnier allait rencontrer trois couches de planches épaisses et une couche de marbre aggloméré. Il n'était donc pas au bout de ses peines.

L'été passa, l'automne aussi. Vint l'hiver, qui transformait en glacière les Plombs brûlants de l'été et Casanova, qui avait cent fois cru périr étouffé, se demanda s'il n'allait pas mourir gelé.

Heureusement, Bragadino veillait toujours. Par le truchement de Lorenzo Bassadona, Giacomo reçut de lui, pour Noël, une épaisse robe de chambre doublée de renard, une couverture de soie ouatée et un sac en peau d'ours, sorte de chancelière pour y enfoncer ses pieds et ses jambes.

Mais le froid n'était pas le seul ennemi que lui opposait l'hiver : l'obscurité le gênait infiniment plus, car les heures de jour étant beaucoup plus courtes que les heures de nuit, Casanova ne pouvait plus guère travailler au trou qui était tout son espoir. Il lui fallait une lampe. Grâce à quelques maux imaginaires, il réussit à en fabriquer une.

Lorenzo lui fournit tour à tour de l'huile de Lucques pour assaisonner la salade, sous prétexte que son intestin ne supportait pas l'huile ordinaire, une pierre à fusil et du vinaigre, car la pierre à fusil trempée dans le vinaigre passait pour calmer les rages de dents, et du soufre destiné aux « intolérables démangeaisons » que lui faisait endurer la vermine.

Cela obtenu, Casanova trouva encore de l'amadou dans les entourages de son habit car il était d'usage chez les tailleurs d'en introduire à cet endroit pour empêcher la sueur de tacher les soies fragiles des habits. Il se fit ensuite un briquet avec la boucle de sa ceinture. Enfin, une vieille écuelle trouvée dans le grenier paracheva une œuvre dont il se trouva justement fier mais dont il ne put se servir, car à peine la lampe était-elle prête à fonctionner que Giacomo reçut un compagnon de chambre : un jeune garçon coiffeur, qui avait fait un enfant à la fille d'un patricien.

Le malheureux ne s'occupait guère de son codétenu, car il passait ses jours et ses nuits à pleurer, d'ailleurs bien plus sa liberté perdue que sur l'honneur de la patricienne, mais Casanova connaissait trop les méthodes des inquisiteurs pour se fier à cette grande douleur. Ce désespéré ressemblait comme un frère à un « mouton ».

Le garçon coiffeur ne demeura pas longtemps. Un usurier juif, Gabriel Shalon, le remplaça. Celui-là n'était pas un inconnu pour Casanova, qui avait déjà eu à faire à lui, mais, justement, le connaissait trop bien. Les travaux n'avancèrent pas davantage. Shalon aurait vendu sa mère pour retourner à ses écus.

Heureusement, celui-là non plus ne resta pas, et un an après son entrée dans les Plombs, au plus fort de l'été, Casanova estima son travail terminé, car il ne lui restait plus que le plafond de Cavalli à percer, opération qui ne demanderait pas plus d'une heure. Il décida donc que son évasion aurait lieu dans la nuit du 27 août...

Hélas, trois fois hélas ! Le 25, Lorenzo, un sourire épanoui étalé sur sa figure, vint le chercher.

— On a décidé de vous changer de prison, annonça-t-il joyeusement. Vous allez avoir maintenant deux fenêtres, autant d'air que vous voudrez, et la vue sur tout Venise.

Un an plus tôt, il eût accueilli cette nouvelle avec enthousiasme. Cette fois, elle le réduisait au désespoir.

« J'aurais voulu emporter mon trou... », écrivit-il plus tard.

Quoi qu'il en soit, il fallait se résigner. Le nouvel « appartement » était beaucoup plus agréable que l'autre, sans contestation possible, et Lorenzo lui apprit qu'il pourrait aussi y avoir des livres. Mais le trou, lui, était resté à sa place.

Cela faillit d'ailleurs causer une regrettable zizanie entre Casanova et son geôlier car en nettoyant l'ancienne cellule, celui-ci découvrit naturellement le pot aux roses. Il vint tout furieux réclamer à son pensionnaire les outils dont il s'était servi, en l'accusant de trahison.

— Je ne les ai plus, déclara celui-ci avec un grand sang-froid. D'ailleurs, je pourrais fort bien dire que tu me les avais fournis. Si j'étais toi, je me tairais. Si tu n'aimes pas les ennuis, ce serait plus sage.

Lorenzo reconnut le bien-fondé de ces paroles, referma le trou, fit disparaître les détritus et enterra la hache de guerre, tandis que Casanova recommençait à imaginer comment il pourrait bien s'échapper.

Ce n'était pas facile, car il était maintenant surveillé de près, son cachot sondé tous les jours. L'idée lui vint alors de se trouver un compagnon d'évasion qui pourrait faire le travail à sa place, percer non plus son parquet, mais son plafond, à condition qu'il fût voisin, soulever l'une des plaques de plomb du toit et revenir, sous les combles, percer le plafond de Casanova. Mais comment trouver ce compagnon dévoué ?

Ce fut Lorenzo qui apporta la solution. Un détenu voisin, un moine emprisonné parce qu'il courait trop les filles, proposait de lui prêter des livres s'il consentait à lui prêter les siens. C'était un certain Marino Balbi doté selon Lorenzo d'une force herculéenne.

Une correspondance s'établit à l'aide des livres qui allaient d'une chambre à l'autre. Balbi accepta bien volontiers d'aider Casanova et de s'enfuir avec lui, mais il n'avait pas d'outils...

Grâce à une Bible, l'esponton changea de mains et Balbi entreprit de percer son plafond. On ne visitait pas sa cellule et il avait demandé, sur le conseil de son ami invisible, et obtenu des images pieuses, sous lesquelles il dissimulait ses travaux. Huit jours plus tard, Casanova pouvait entendre au-dessus de sa tête le signal convenu : trois petits coups...

Restait à choisir le temps de l'évasion. Après quelques hésitations, on arrêta la nuit du 31 octobre car, à cette époque, les inquisiteurs ayant l'habitude d'aller passer la Toussaint dans leurs domaines de terre ferme, Lorenzo profitait de leur absence pour s'enivrer copieusement.

À neuf heures du soir, Casanova, aux aguets, vit

s'effondrer une partie de son plafond et surgir un vigoureux gaillard qui n'avait pas l'air de briller par l'intelligence, mais présentait l'avantage de la force. Sans s'attarder plus longtemps aux congratulations, les deux compères, emportant chacun un paquet de hardes et les cordes qu'ils avaient pu faire avec leurs draps et couvertures, se hissèrent sur le toit des prisons.

La nuit était claire et il fallut attendre que la lune consentît à se cacher, mais cette clarté permit à Casanova de repérer une lucarne à mi-pente du toit, un toit dont la déclivité était moins forte qu'il ne l'avait craint. Quand cela fut possible, les deux fugitifs rejoignirent cette lucarne. Balbi en grognant, car il avait réussi à laisser choir son propre paquetage, qui flottait maintenant sous le pont des Soupirs.

La lucarne ouverte montra un grenier, mais d'une grande hauteur : six mètres au moins.

— Il sera facile de vous descendre avec la corde, dit Casanova, mais il n'y a aucun moyen de l'assujettir quelque part et je ne pourrai vous suivre.

— Bah, fit l'autre avec cynisme. Descendez-moi toujours ! Après cela, vous aurez tout loisir de songer au moyen de me suivre.

Giacomo commença à regarder de travers ce compagnon qui ne semblait pas aussi intéressant qu'il l'avait imaginé. Néanmoins, il le descendit et, délivré de ses incessantes récriminations, reprit la minutieuse exploration du toit. La chance le servit : des ouvriers y avaient travaillé et, outre un grand bac à plâtre, une échelle reposait près d'une cheminée.

Réconforté, le fugitif se mit en devoir de la tirer vers la lucarne. Mais l'échelle était lourde. Il réussit tout juste à engager l'extrémité dedans. Un faux mouvement le fit glisser et, avec un gémissement d'horreur, il dévala la pente du toit, en grand danger de s'écraser sur le quai.

La gouttière à laquelle il réussit à s'accrocher le sauva, mais il lui fallut faire appel à toutes ses forces pour effectuer le rétablissement sauveur. Enfin, trempé de sueur et tremblant de tous ses muscles, il se retrouva assis de nouveau sur le toit, essayant de calmer les battements affolés de son cœur.

Au bout d'un moment, il put remonter vers sa lucarne, parvint enfin à faire glisser l'échelle que Balbi, qui n'avait pas bougé du grenier, put saisir. Un instant plus tard, Casanova l'avait rejoint. Il se laissa tomber sur le sol et perdit connaissance...

Ranimé à grandes claques par son compagnon, il retrouva aussitôt le goût du combat. Le grenier où ils se trouvaient n'était pas une prison cette fois. Ils allaient pouvoir en sortir.

La porte était fermée par une serrure, mais le fidèle esponton la fit sauter sans trop de peine. Un couloir, un escalier, une grande salle : celle des Archives de Venise. De là, un petit escalier de pierre les conduisit dans la Chancellerie. Mais là aussi, il y avait une porte, et une porte qui ne s'ouvrirait pas facilement.

— Le jour va se lever, grogna Balbi. Si nous ne sortons pas d'ici, nous allons être pris.

— Nous ne serons pas pris. Je le sais. J'en suis sûr...

La serrure était trop forte pour l'esponton. Giacomo attaqua le panneau de bois, à travers lequel il réussit à percer une ouverture suffisante pour laisser passer un homme. Suffisante... tout juste ! Les deux fugitifs s'y écorchèrent et s'y déchirèrent. Casanova, pour sa part, était en loques. Et ils n'étaient pas encore tirés d'affaire : restait à franchir la grande porte, qu'aucune arme ne pourrait ouvrir.

Alors, jouant d'audace, Casanova s'assit par terre, défit son baluchon de vêtements, sortit le bel habit qu'il avait précieusement conservé, son chapeau à plumes, s'habilla, se coiffa, puis, courant à une fenêtre, l'ouvrit et regarda au-dehors. Six heures sonnaient, et quelques passants se rendaient à l'église Saint-Marc pour la première messe.

— Holà ! hé ! cria Giacomo. Allez chercher le portier pour qu'il nous ouvre. On nous a enfermés ici par mégarde.

La vue de ce seigneur empanaché n'éveilla aucunement les soupçons. Un moment plus tard, la porte s'ouvrait. Suivi de Balbi sur les épaules duquel il avait jeté son manteau. Casanova jeta un « merci » au vent, courut vers le quai, sauta dans une gondole.

— À Fusina ! lança-t-il au gondolier. Et vite, nous sommes pressés !

L'homme se hâta. La gondole prit le large.

— Tout compte fait, dit alors le fugitif, nous n'allons pas à Fusina. Nous allons à Mestre.

— Ce sera plus cher.

— Aucune importance. J'ai de l'argent. Fais vite, mon brave.

À Mestre, le gondolier dûment payé, on prit une voiture pour Trévise. L'important était de mettre le plus de chemin possible entre eux et les sbires de la Sérénissime. Mais ensuite, il fallut continuer à pied, car l'argent avait fondu. Il en restait tout juste assez pour ne pas mourir de faim. On ne s'arrêta qu'une fois hors des frontières de Venise.

Au premier village, Casanova et Balbi firent halte dans une auberge, d'où notre héros envoya un message à son éternel protecteur, Bragadino. Puis il se coucha et dormit six jours et six nuits, n'ouvrant l'œil que pour ouvrir la bouche et manger : exactement le temps que mit son messager à aller et à revenir avec une centaine de sequins.

Cette fois, le cauchemar était fini. La belle vie allait recommencer. Ragaillardis, Casanova et Balbi partirent pour Munich où ils se séparèrent enfin à leur mutuelle satisfaction : ils en étaient venus à se haïr cordialement...

Le cœur léger, la bourse bien garnie, Giacomo pensa qu'il avait trop longtemps vécu loin de Paris, et s'en alla tranquillement retenir une place dans un coche qui, par Strasbourg, le ramènerait dans cette ville de toutes les délices et de toutes les amours : depuis qu'il avait quitté Venise, aucune femme n'avait réussi à lui plaire, même quelques minutes. Alors, à défaut de sa ville natale, Paris ferait aussi bien l'affaire pour ressusciter...

VII

Goulenoire et Sémiramis

Lorsque Casanova revit Paris, dans les premiers jours de l'année 1757, il eut l'agréable impression de rentrer chez lui après un voyage pénible, un trop long voyage.

Il faisait froid, il faisait humide. Les toits étaient blancs de neige et les rues pleines d'une boue noire, glacée et assez malodorante, mais pour un homme tout juste échappé des Plombs de Venise, ce Paris hivernal, où couraient les cabriolets des filles d'Opéra, où les bourgeois pataugeaient allégrement en se hâtant de regagner leurs maisons douillettes et leurs coins de feu, ressemblait assez à une sorte de paradis.

Évidemment, le dernier séjour de Giacomo s'était terminé assez mal et un peu brusquement. Mais le temps, qui arrange si bien les choses, avait laissé filer suffisamment de sable au sablier du vieux Cronos pour que les Parisiens, gens futiles et aimables, eussent oublié depuis longtemps les peccadilles du signor Casanova. Et puis, ne possédait-il pas suffisamment de bons amis sur cette terre bénie, pour pouvoir repartir du bon pied?

Enfin, il se savait plus beau que jamais dans sa maturité épanouie et les femmes, qui jusqu'à présent ne lui avaient ménagé ni leurs faveurs ni leur argent, n'avaient vraiment aucune raison de se montrer plus avares que par le passé.

Aussi fut-ce d'un pas assez conquérant qu'il alla frapper à la porte des bons amis Baletti. Il fut reçu avec des cris de joie. Sylvia, vieillie et malade, l'accueillit avec les larmes et l'émotion d'une mère. Antonio pleura dans ses bras, Mario se moucha vigoureusement, après l'avoir embrassé à plusieurs reprises. Seule, une ravissante fille de quinze ans le contemplait avec de grands yeux lumineux sans oser s'approcher de lui. Il la regarda avec ravissement.

— Qui est-ce ? demanda-t-il en lui dédiant son plus beau sourire.

Antonio éclata de rire.

— Mais voyons, *Giacomo mio,* qui veux-tu que ce soit ? C'est Manon, voyons, ma petite sœur...

L'arrivant ouvrit de grands yeux.

— Manon, la petite Manon de jadis ? C'est à peine croyable...

— C'est croyable ! Voilà bientôt sept ans, Giacomo, que tu nous as quittés. Elle est devenue une jeune fille.

Cela, Casanova s'en était tout de suite rendu compte. Une jeune fille adorable même, et qu'il se mit à adorer sans plus tarder. Et comme la belle enfant était aussi visiblement amoureuse de lui, quand il s'endormit, ce premier soir dans son lit retrouvé de la rue de Richelieu, Casanova le mage, Casanova le mécréant, Casanova le cabaliste, le

Franc-Maçon et le Rose-Croix, remercia benoîtement le Seigneur et tous les saints de l'avoir ramené à bon port dans ce merveilleux Paris où l'on tombait amoureux dès le premier jour.

Mais ceci acquis, il fallait remonter sa fortune disparue. Les cent sequins du bon Bragadino étaient à peu près usés et, pour éblouir Manon dont il comptait bien demander la main, Casanova voulait de l'argent, beaucoup d'argent.

Or, malgré ses ennuis avec la maréchaussée, il avait tout de même conservé, à Versailles, quelques amis, quelques appuis non négligeables, tels le maréchal de Richelieu et même la marquise de Pompadour, qu'il amusait. Mais ce fut chez le duc de Choiseul, qui allait s'enticher de lui au point de l'aider à monter la scabreuse affaire de la loterie et l'employer à quelques missions secrètes, qu'il rencontra la créature en qui allaient s'incarner ses plus grandes espérances de fortune : Jeanne de Pontcarré, marquise d'Urfé, celle que Cazotte appelait « La doyenne des Médées », à cause de sa passion immodérée pour les sciences occultes.

Casanova savait depuis longtemps qui elle était, car il l'avait aperçue plusieurs fois. Mme d'Urfé était en effet propriétaire de la maison dans laquelle logeaient ses amis Baletti. Mais chez Choiseul, qui habitait d'ailleurs une maison voisine, il la rencontra pour la première fois sur un pied d'égalité.

C'était une femme de cinquante-deux ans, point trop décrépite encore et qui, dans son beau temps, avait été l'une des folles maîtresses du Régent avant de faire une fin en épousant un grand seigneur fort bien renté : Louis-Christophe de La Rochefoucauld de Lascaris d'Urfé, descendant du célèbre auteur de *L'Astrée*. Une union qui n'avait guère duré car, en 1734, la belle Jeanne se retrouvait à la fois veuve et fort riche.

Pensant qu'il était temps pour elle de profiter de l'existence à sa guise, elle décida alors de ne pas se remarier, comme beaucoup l'en priaient, afin de se consacrer tout entière aux recherches ésotériques qui la passionnaient, les recherches en question consistant surtout en l'achat massif d'une énorme quantité de livres cabalistiques et en l'installation dans son superbe hôtel du quai des Théatins (quai Voltaire actuel) d'un laboratoire d'alchimie qui eût enchanté le docteur Faust en personne.

Ce genre d'études ayant été mis fort à la mode par le comte de Saint-Germain, Mme d'Urfé aurait pu passer assez inaperçue au milieu de toutes les apprenties sorcières de la bonne société si ses manies personnelles ne l'avaient nettement détachée du lot. Ainsi, portait-elle continuellement au cou, en guise de collier, une grosse pierre d'aimant supposée la mettre à l'abri de toutes les surprises de l'existence.

La surprise fut surtout pour Giacomo quand, présenté à la dame par son jeune neveu, le comte de La Tour d'Auvergne, il entendit Mme d'Urfé lui déclarer fort calmement, après quelques minutes de conversation banale, que toutes ses savantes recherches tendaient principalement à lui faire retrouver sa jeunesse, mais en devenant un homme.

— Un homme ? fit-il avec étonnement. Pourquoi un homme ?

— Parce que toute force vient de l'homme, principe initial dont la femme n'est qu'une parcelle. Relisez la Genèse, mon ami! fit doctement la dame. Seul l'homme possède le pouvoir d'atteindre les plus hauts sommets. Je le sais de source sûre!

Ce que Giacomo savait bien, lui, c'est qu'il ne faut jamais contrarier les fous. D'autre part, il flairait, en cette femme couverte d'or et de joyaux, une abondante source de revenus faciles pour un homme assez habile. Et il se flattait de l'être. Cette vieille folle était mûre pour son grand numéro magique.

— Pour savoir tant de choses, Madame, fit-il en baissant la voix de plusieurs tons et en déversant sur son interlocutrice le magnétisme, bien réel celui-là, de son regard, il faut que vous soyez... une initiée? Aurais-je l'immense bonheur d'avoir enfin rencontré ici une sœur selon l'Esprit!

L'étincelle qui brilla sous les sourcils de la marquise lui montra qu'il avait touché le point sensible.

— Vous avez deviné juste, chuchota-t-elle, et je suis fort heureuse de vous connaître. Mon neveu m'a dit que, parmi les Rose-Croix, vous aviez conquis la maîtrise.

Vivement, la main de Casanova se posa sur celle de la dame et la serra de façon significative.

— Chut! Il est des mots dangereux... même pour une initiée. Ne savez-vous pas que ce salon est un lieu impur?

Impressionnée, elle s'excusa humblement et supplia le « Maître » de daigner la visiter dans son hôtel, afin de pouvoir s'exprimer librement devant lui et qu'il pût lui dispenser son précieux enseignement. Naturellement, Casanova consentit, avec toute la majesté désirable, à cette visite « d'amitié ».

« Si j'avais pu la désabuser, écrira-t-il dans ses Mémoires, je crois que j'aurais essayé. Mais je fus dès le premier jour persuadé que son infatuation était incurable. Aussi crus-je n'avoir rien de mieux à faire que seconder sa folie et en profiter... »

C'est là ce qui s'appelle s'exprimer clairement.

Introduit dans le laboratoire du quai des Théatins, le « Maître » vit tout d'abord une grande cornue qui cuisait sur un réchaud, surveillée par une vieille femme sourde.

— C'est, lui apprit fièrement son hôtesse, une poudre de projection qui cuit ici depuis quinze ans et doit cuire encore durant quatre ou cinq ans. La servante que vous voyez ici est tout spécialement attachée à l'entretien du feu. Au bout des vingt années, la poudre aura la propriété de transmuer en l'or le plus pur tous les métaux qui la toucheront. Mais ce n'est pas là le plus important de mon œuvre.

Avec un regard effaré au pot de mercure en train de calciner lentement et à son étrange vestale, Casanova écouta, avec toute la gravité requise chez un Rose-Croix de la meilleure venue, les explications de la marquise touchant ses espoirs de parvenir un jour à se transmuer elle-même en un beau jeune homme. Ce qui ne l'empêcha nullement, l'exposé une fois terminé, de lui demander s'il possédait le pouvoir de l'aider ?

Il ne répondit pas, se contentant de hocher la tête gravement, en homme enfermé dans des pensées profondes puis, comme elle l'en pressait, refusa carrément d'en dire davantage pour ce jour-là, se contentant de déclarer que la chose était d'une telle importance qu'il lui fallait y réfléchir longuement et dans la plus entière tranquillité d'esprit.

Il réfléchit ainsi pendant trois bons mois, tout en avançant agréablement ses affaires du côté de Manon qui, folle de lui, le pressait d'annoncer leurs fiançailles. De son côté, Mme d'Urfé, que l'espoir faisait délirer, s'était mise à couver littéralement le « cher Maître », lui offrant continuellement de riches présents pour stimuler sans doute ses doctes réflexions. Enfin, il consentit à rendre son verdict.

— Ne m'en veuillez pas d'une aussi longue hésitation, lui dit-il enfin. Elle vient tout entière de l'affection que je vous porte.

— Je ne comprends pas. Si vous m'aimez, mon ami, vous ne pouvez que désirer m'aider à réaliser mon dessein.

— Je le désire pour vous, bien sûr, et d'autant plus que je possède tous les pouvoirs nécessaires. Vous voyez que je suis franc. Mais je le serai jusqu'au bout : j'ai peur. Égoïstement, je le sais, mais j'ai peur.

— De quoi, mon Dieu ?

— De vous perdre, ma douce amie. Comprenez donc que pour vous changer en jeune garçon, il me faudra vous faire disparaître de ce que vous êtes aujourd'hui. C'est une idée que je ne supporte pas.

Flattée, Mme d'Urfé se mit à rire.

— Du moment où je la supporte bien, moi, vous ne devez pas vous tourmenter. Je sais depuis longtemps que ma forme actuelle doit s'évanouir pour faire place à celle que j'ai choisie. C'est dans l'ordre des choses...

Avec une femme aussi déterminée, il n'était vraiment pas nécessaire d'user beaucoup de paires de gants. Après nombre de soupirs et de réticences, Casanova se laissa enfin arracher le secret de l'admirable opération magique indispensable à la réalisation des rêves de son amie.

— Le secret, dit-il, tient en ce qu'il faudra faire passer votre âme dans le corps d'un enfant mâle né de mon accouplement avec une vierge de nature divine qu'il nous faudra chercher. Je ne serai plus moi-même, mais l'incarnation du mage Goulenoire, ce qui est d'ailleurs mon nom cabalistique. Quant à vous, il vous faudra être présente au moment de la naissance de l'enfant, sous votre propre personnalité cabalistique...

— J'ai toujours pensé que j'étais la réincarnation de Sémiramis et c'est le nom que je me suis choisi.

— Admirable! Vous prendrez l'enfant dans vos bras au moment de son apparition et vous le garderez auprès de vous, dans votre propre lit, durant sept jours et sept nuits. Au bout de ce temps, vous ferez passer votre souffle dans l'enfant en tenant votre bouche collée contre la sienne et vous vous éteindrez doucement tout aussitôt, tandis que votre âme viendra habiter le corps de cet enfant qui, naturellement, ne me quittera plus jusqu'à son âge d'homme.

N'importe quelle femme un peu sensée aurait fait la grimace en face d'un programme aussi insolite que peu récréatif, mais la marquise jugea la chose admirable et pressa son cher Goulenoire d'en entreprendre au plus tôt la réalisation.

Bien évidemment, pour l'audacieux aventurier, cette invraisemblable crédulité était une rare aubaine, car les préparatifs de la mémorable « transmutation d'âmes » devaient être fort longs et fort coûteux. Mais partie comme elle l'était, Mme d'Urfé était prête à avaler toutes les couleuvres, tout en ouvrant largement sa bourse. Elle poussa même l'amitié jusqu'à procurer à l'admirable Goulenoire une autre bailleuse de fonds, en la personne d'une de ses amies, la comtesse du Rumain, qui, sujette à une foule d'incommodités physiques plus ou moins imaginaires, se trouvait au mieux des soins du grand homme.

Un drame cependant vint endeuiller l'agréable maison de la rue de Richelieu qui servait de refuge au mage d'occasion : Sylvia Baletti mourut le 16 septembre 1758, phtisique au dernier degré. Comme les autres membres d'une famille à laquelle il s'était complètement intégré, Casanova pleura de tout son cœur cette femme bonne et charmante qui l'avait tant aidé. À son lit de mort, il lui jura de s'occuper de Manon et même de l'épouser, mais sans préciser la date, car à la vérité, il ne se sentait pour le mariage qu'une attirance fort mince. Tout sincèrement épris de l'adorable Manon qu'il fût, il était quand même assez lucide pour comprendre qu'il ne pourrait jamais se résigner à une seule femme quand le monde lui en offrait toujours de nouvelles.

Quelques jours plus tard, il partait pour un voyage en Hollande, envoyé par Choiseul qui lui avait confié une mission financière secrète. En même temps, il emportait certains titres à lui confiés par Sémiramis. Malgré sa fameuse poudre de projection, qui en avait d'ailleurs encore pour cinq ans à cuire, celle-ci, pour autant, ne perdait pas de vue ses intérêts financiers.

— Il y a là-bas de nombreux initiés, lui dit Casanova avant de monter en voiture. Je vais les consulter pour savoir d'eux s'ils auraient connaissance de cette vierge divine sans laquelle rien n'est possible.

Il partit donc, laissant à Manon de si vifs regrets qu'elle ne put s'empêcher de les lui décrire par lettre.

« Si vous saviez combien j'ai pleuré, mon cher ami. J'ai bien peur que vous ne me trouviez si enlaidie que vous ne m'aimiez plus ! Votre petite femme, oui, votre petite femme qui se garde toute à vous ! »

Lui, en tout cas, ne se gardait pas « tout à elle ». Bien pourvu d'argent, pour une fois, il courait les filles, les tripots et les théâtres, qui continuaient à exercer sur lui leur ancienne attraction.

Un soir, parmi les artistes d'un concert, il reconnut son ancienne maîtresse, Thérèse Imer. Bien changée d'ailleurs car elle avait eu des malheurs, dus à une honnêteté qui n'était pas des plus scrupuleuses et, entre autres déboires, lui avait valu en France un séjour au Fort-l'Évêque. Quant à ses relations avec le margrave de Bayreuth, elles n'étaient plus qu'un souvenir depuis longtemps.

Thérèse pleura beaucoup sur l'épaule de Giacomo. Elle avait de gros soucis, surtout à cause des enfants qu'elle traînait après elle : une petite Sophie de cinq ans, paraît-il la fille de Casanova, et un garçon de douze, Joseph Pompeati, qu'elle avait eu jadis du danseur Pompeati et dont elle ne savait que faire.

Attendri, Giacomo proposa de se charger de sa fille, mais Thérèse refusa : c'était ce qu'elle avait de plus cher.

— J'aimerais mieux que tu t'occupes de Joseph. Il est à Rotterdam... où j'ai dû le laisser en gage pour une dette. Si tu pouvais aller le chercher, t'en occuper...

Cette tâche-là ne tentait guère Casanova, mais Thérèse pleura avec tant de conviction qu'il finit par se laisser attendrir et partit pour Rotterdam « dédouaner » le rejeton du danseur.

Or le gamin, s'il avait toutes les qualités qui font les vauriens les plus accomplis, était d'une rare beauté : un ange descendu sur la terre. Cela donna beaucoup à penser à Giacomo, en qui venait de germer une idée : il allait présenter l'enfant à Mme d'Urfé comme étant, justement, né de l'accouplement d'une vierge divine avec un mortel. Une vraie trouvaille !

Alors, sa mission terminée, il reprit allégrement le chemin de Paris, flanqué du jeune Joseph, dépouillé de son nom sans gloire de Pompeati et revêtu de celui infiniment plus reluisant de comte d'Aranda.

VIII

Giustiniana

L'arrivée du jeune « comte d'Aranda » dans son hôtel de la rue des Théatins plongea Mme d'Urfé dans une sorte de ravissement : elle n'avait jamais vu d'enfant si beau, si charmant, si apte en tout point à incarner l'idéal masculin dans lequel elle souhaitait renaître à la jeunesse.

— Il doit y avoir, dit-elle à son cher « Goulenoire », un moyen de faire passer mon âme dans le corps de ce bel enfant. Je vais y réfléchir et en attendant, nous allons le faire élever comme il convient. Cela vous donnera le temps de trouver la « vierge divine » si nous n'y parvenons pas.

Naturellement, Casanova applaudit des deux mains. Cela lui permettait de continuer à vivre agréablement tout en profitant des largesses de la bonne marquise.

Son retour à Paris, côté Manon, avait d'ailleurs été quelque peu décevant : la jeune fille l'avait accueilli avec des transports charmants, mais tout platoniques. En effet, la jeune Baletti, pas plus sotte qu'une autre et fort désireuse de se faire épouser, avait décidé de lui tenir la dragée haute :

elle serait à lui contre un anneau de mariage. Tel était son candide ultimatum.

Avec Giacomo, c'était un assez mauvais calcul. Si une femme se refusait à contenter son désir quand celui-ci se manifestait, il s'en trouvait mortifié et, sans chercher plus loin, se mettait en quête d'une proie plus accommodante. Mais dans ce cas particulier, il baisa Manon sur le front, l'assura de sa profonde tendresse et du désir très vif qu'il avait toujours d'en faire sa femme, puis s'en alla bien vite retrouver une fort belle fille, modèle de peintre de son état, qu'il avait surnommée « la belle statue ».

La statue en question lui fit passer quelques nuits fort agréables jusqu'à certain soir où il aperçut à l'Opéra, dans une loge une adorable créature, vêtue à la toute dernière mode et littéralement rayonnante de beauté, une créature qu'il reconnut avec un battement de cœur.

— Giustiniana ! Giustiniana Wynne ! Que fait-elle ici ?

Cette jolie créature, il l'avait connue jadis, fillette, à Padoue, puis jeune fille, à Venise, où elle entretenait une ardente histoire d'amour avec un jeune patricien ami de Giacomo, Andrea Memmo, un amour si ardent même qu'elle ne s'aperçut pas alors de l'effet foudroyant qu'avait produit sa beauté sur Giacomo.

Fille d'une belle Grecque et d'un baronnet anglais, Giustiniana était de ces femmes qui ne peuvent laisser un homme indifférent et malgré l'amitié qui le liait à Memmo, Casanova eût sans doute fait quelque sottise pour s'approprier l'éblouissante créature quand, brusquement, Giustiniana quitta Venise pour l'Angleterre, emmenée par une mère qui avait jugé bon de mettre une honnête distance entre elle et un certain consul anglais, Smith, lui aussi épris de sa fille et à qui elle avait eu l'imprudence de la promettre au moment exact où l'adorable Giustiniana devenait la maîtresse de Memmo.

Elle s'était aussitôt découvert d'urgentes affaires à régler outre-Manche, préférant laisser le consul bafoué se calmer comme il l'entendrait.

Or, à Paris, ces dames avaient fait la connaissance d'un financier, Le Riche de la Popelinière, le bien nommé, car il était follement riche, veuf de surcroît, mais plus tout à fait de la première jeunesse. Ce brave homme, la générosité même, s'était entiché de la belle Giustiniana et faisait tous ses efforts pour la convaincre de l'épouser. Il s'y efforçait même d'autant plus ardemment qu'il n'avait plus que très peu d'aptitude aux jeux charmants, mais plutôt fatigants, de l'Amour et comptait sur l'éclatante beauté de la jeune femme pour retrouver quelque vaillance.

Tout cela, bien sûr, Casanova ne l'apprit que par la suite. Pour cette soirée, il se contenta d'aller saluer dans leur loge ces dames et La Popelinière qui les escortait. On le reçut en vieil ami, singulièrement la jeune fille. Elle lui réserva cet accueil attendri que vous inspirent ceux qui ont été mêlés, de près ou de loin, à une chère aventure d'amour. La représentation terminée, Giacomo obtint la permission de raccompagner ses amies à leur logis parisien, l'hôtel de Bretagne, rue Saint-André-des-Arts.

Les jours suivants, avec la bénédiction de Mrs Wynne, il s'institua le chaperon de Giustiniana, qui continuait à le traiter en grand frère, ce qui ne faisait aucunement son affaire. C'est ainsi qu'ayant un soir conduit la belle enfant au bal de l'Opéra, il n'y tint plus et lui fit, dans le carrosse qui les ramenait, l'aveu incendiaire de sa passion.

— Jamais, je crois, je n'ai aimé une femme comme je vous aime! s'écria-t-il avec sincérité. Je ferai pour vous n'importe quoi. Tout ce que vous demanderez, vous l'obtiendrez de moi, si vous voulez seulement m'aimer un peu, rien qu'un peu...

— Mais je vous aime beaucoup, Giacomo. Seulement, je ne m'appartiens pas tout à fait... Il faut me laisser du temps. Pour l'instant, j'ai de grands soucis qu'on ne peut guère confier qu'à un ami. Voulez-vous être cet ami et seriez-vous prêt à m'aider?

— J'en fais le serment, sur tout ce que j'ai de plus sacré! Mettez-moi à l'épreuve, vous verrez.

— C'est bien. Je vais, en effet, vous mettre à l'épreuve. Venez me voir demain chez moi. Je vous dirai ce que j'attends de vous.

Il ne put rien obtenir de plus pour cette nuit, mais dès l'aube, il recevait un petit billet qui lui en apprenait beaucoup plus.

« Il est deux heures après minuit. J'ai besoin de repos, mais le fardeau qui m'accable m'empêche de trouver le sommeil. Le secret que je vais vous confier, mon ami, cessera d'être un fardeau pour moi dès que je l'aurai déposé dans votre sein. Je me sentirai soulagée sitôt que vous en serez dépositaire. Je me suis déterminée à vous l'écrire parce que je sens qu'il me serait impossible de vous le dire de vive voix... »

À la suite de quoi, elle lui apprenait, en toute simplicité, qu'elle était enceinte de son ami Memmo.

La nouvelle causa un certain choc à Giacomo, mais il était déjà trop épris pour ne pas tenter l'impossible en vue de libérer sa belle amie et s'assurer ainsi une reconnaissance pleine de douceurs.

À peine l'heure fut-elle décente, il courut à l'hôtel de Bretagne et y trouva Giustiniana qui s'apprêtait à partir pour la messe, suivie de sa cameriste. Il leur emboîta le pas, assista à l'office puis, à la sortie, envoya la cameriste faire le guet, tout en entraînant la jeune femme dans le cloître de l'église afin d'y entamer une conversation fort peu édifiante aux abords d'un lieu sacré.

— Vous ne me méprisez pas trop ? murmura Giustiniana en levant vers lui des yeux mouillés de larmes.

— Quelle idée ! Je vous adore. Consolez-vous, nous trouverons bien vite un remède à vos maux.

— Je m'en remets entièrement à vous. Pourtant, il n'y a qu'une solution : il faut me faire avorter.

— Mais... ce serait un crime ! s'exclama vertueusement Giacomo.

— Je le sais bien. Pas plus grave cependant que le suicide et je me tuerai, je le jure, si je ne sors de cette affreuse situation. Songez que M. de la Popelinière a adressé à ma mère une demande officielle et qu'il s'emploie à me faire obtenir la nationalité française.

— Votre mère ne sait rien ?

— Elle ? Doux Jésus, elle me tuerait !

Cela, vu les antécédents de la dame, Casanova en doutait fort, mais on ne discute pas avec une jeune fille désespérée, surtout quand on est amoureux d'elle.

— Remettez-vous-en à moi, je ferai de mon mieux.

Le 27 février 1759 avait lieu le dernier bal de l'Opéra. Casanova et Giustiniana s'y rendirent masqués, ce qui leur permit de quitter le théâtre sans être remarqués et de se rendre discrètement chez une certaine Rose Castès, sage-femme, ancienne pensionnaire de la Salpêtrière, et qui demeurait rue des Cordeliers, dans le quartier Saint-Sulpice.

La Castès examina Giustiniana, puis rendit son verdict.

— Elle est enceinte de six mois, dit-elle d'un ton rogue. C'est dangereux, à ce moment-là, et pour elle et pour moi : ce sera quarante louis !

Fut-ce la somme, fut-ce la crainte de voir sa bien-aimée mourir des manipulations de la Castès, toujours est-il que Casanova donna deux louis à celle-ci, lui assura qu'il allait réfléchir à la question, et emmena Giustiniana, qui avait eu la sage précaution de ne pas enlever son masque.

La jeune femme était très déçue de repartir comme elle était venue.

— Qu'importe le danger. Il me faut le courir...
— Et moi, je m'y oppose ! Il doit y avoir une autre solution. Laissez-moi quelques jours pour y réfléchir et dormez tranquille.

Hélas, le malheur voulut que, deux jours plus tard, alors qu'il se promenait tranquillement au Cours-la-Reine, il croisa la Castès, qui s'y promenait elle aussi, en compagnie d'un homme que Casanova connaissait : un certain marquis de Castelbajac, lequel jouissait d'une fort mauvaise réputation. Et à la manière dont la femme le dévisagea, Giacomo comprit qu'elle l'avait reconnu. Il en éprouva une inquiétude.

Très justifiée d'ailleurs. Réunissant leurs brillants esprits, l'avorteuse et le marquis parvinrent à percer à jour l'anonymat de Giustiniana, apprirent ses fiançailles avec La Popelinière, et vinrent benoîtement avertir les héritiers du financier qui, tout naturellement, enrageaient de voir leur poule aux œufs d'or s'apprêter à convoler avec une jeune et jolie personne, fort capable de lui donner des enfants... même s'il n'en avait plus l'âge ! Surtout s'il n'en avait plus l'âge...

Grassement rétribuées, ces deux honnêtes personnes s'en allèrent ensuite trouver le lieutenant de police, et dénoncèrent le « sieur Cazenove demeurant rue du Petit-Lion-Saint-Sauveur, au second étage », comme ayant fait à la Castès des propositions criminelles.

Convoqué par un commissaire de police, Casanova le prit de haut, s'indigna, exigea une enquête sur ses dénonciateurs et fit jouer ses hautes relations. Il s'en tira sans trop de dommages, mais les deux affreux, décidément pleins d'initiative, avaient aussi été trouver La Popelinière qui, légèrement surpris, fit savoir à sa fiancée qu'il la suppliait de se laisser examiner par son médecin-intendant, lequel se bornerait d'ailleurs à « lui poser la main sur le ventre » en toute délicatesse.

— Voilà qui va nous arranger, fit Casanova, qui n'avait pas perdu son temps. Laissez-vous examiner par cet homme. Je me charge de diriger ses conclusions dans le sens qui convient. Puis, montrez-vous mortellement offensée, et apprêtez-vous à me suivre sous peu.

— Vous suivre où ?

— Vous le verrez bien. Je m'occupe de tout.

En effet, l'intendant-médecin, après avoir tripoté la robe à paniers de Giustiniana, jura à son maître que tout cela n'était que basses calomnies et que Giustiniana était aussi innocente que l'agneau tout juste apparu à la lumière du jour. Du coup, repentant, La Popelinière pressa le mariage, tandis que sa famille assaillait la pauvre fiancée de lettres anonymes et de menaces de mort. Plus morte que vive, celle-ci supplia Casanova de se dépêcher un peu.

— Tout est prêt ! lui dit-il au soir du 4 avril. Demain je vous enlève. Vous laisserez une lettre disant que vous allez vous cacher pour échapper au mariage avec un homme qui vous a si gravement offensée, et que vous interdisez que l'on vous recherche. Écrivez-en une autre à votre mère pour l'informer que vous mourez de peur d'être empoisonnée par les héritiers et que vous la suppliez de renoncer à ce mariage.

Giustiniana était si heureuse que, du coup, oubliant son état, elle tomba dans les bras de son sauveur et lui offrit la seule récompense qui pût lui être vraiment agréable.

Le lendemain, à six heures et demie du matin, la jeune femme quittait sa maison, gagnait l'église, en sortait par une porte de côté, prenait une voiture, se faisait conduire dans une autre église, dont elle sortit de la même façon. Elle sauta ensuite dans une autre voiture, qui la conduisit à la porte Saint-Antoine. Là, une troisième voiture l'attendait, dans laquelle se trouvait Giacomo. Tous deux partirent alors à grandes guides pour certain couvent de Bénédictines proche de Conflans, où Giustiniana était attendue.

C'était à ses deux excellentes amies, la marquise d'Urfé et la comtesse du Rumain que Giacomo devait cette espèce de petit miracle. Mme du Rumain s'était mise en rapport avec l'abbesse, qui appartenait d'ailleurs à la noble famille de Mérinville et avait bien voulu offrir l'asile de sa maison à la brebis égarée. Une sœur converse se chargerait de l'accouchement, et le couvent s'occuperait de l'enfant, cependant que la mère, pourvue d'un superbe certificat, pourrait affronter tête haute La Popelinière et toute sa tribu.

Giustiniana pleura de joie en quittant Giacomo et lui jura une éternelle reconnaissance. Puis elle alla tranquillement attendre l'arrivée de l'enfant au fond de son paisible couvent.

Mais Casanova, lui, n'était pas au bout de ses peines car lorsque, tout confit en innocence, il se présenta, comme il le faisait chaque jour, à l'hôtel de Bretagne, il essuya de la part de Mme Wynne une bordée de si violents reproches qu'il jugea incompatible avec sa dignité d'en entendre davantage.

— Je n'ai pas, que je sache, Madame, la garde de votre fille. Si elle s'est enfuie, je n'y suis pour rien et n'entends pas en être tenu pour responsable.

— C'est bien ce que nous verrons ! Je vous dis, moi, que vous l'avez enlevée et que vous la cachez pour l'empêcher de faire un trop beau mariage. Croyez-vous que je n'ai pas remarqué vos regards énamourés ?

D'un mot en vint un autre, et Casanova, indigné, quitta la place, cependant que Mme Wynne, non moins indignée, allait se plaindre à l'ambassadeur de Venise, d'une part, et au lieutenant de police Sartine de l'autre.

Prévenu, notre héros attaqua à son tour la Castès et Castelbajac en diffamation puis manifesta sa stupeur indignée chez Mme du Rumain, qui était au mieux avec Sartine, auquel, sous le sceau du secret, elle confia le fin mot de l'histoire, innocentant totalement Casanova, qui « avait agi en véritable gentilhomme puisque l'enfant à naître n'était même pas de lui... ».

Du coup, ce furent la Castès et Castelbajac qui firent les frais du courroux officiel : reconnus coupables de chantage et d'extorsion de fonds, ils s'en allèrent réfléchir un moment, l'une au Grand Châtelet, l'autre à Bicêtre.

Les choses semblaient s'arranger et Casanova put un peu respirer.

Vers la fin du mois de mai, l'abbesse de Conflans fit savoir à Mme du Rumain que l'accouchement s'était bien passé et que l'enfant, un beau petit garçon, avait été confié à de braves gens qui le soigneraient à merveille. Le 23 mai, Giustiniana faisait connaître à sa mère le lieu de son refuge.

Sérieusement inquiète, Mme Wynne accourut, escortée de La Popelinière, à la fois heureux et repentant, et d'un notaire, qui rédigea, sur les déclarations de l'abbesse, un acte précisant le jour où Giustiniana avait demandé asile au couvent, le fait qu'elle n'y avait reçu aucune visite, n'en était jamais ressortie, et précisant enfin qu'elle n'y avait cherché refuge que pour échapper aux vengeances dont on la menaçait au cas où elle commettrait la folie d'épouser le financier. Et ce fut la tête haute qu'elle quitta Conflans, avec une réputation assez convenablement raccommodée.

Mais les conclusions que la belle enfant, redevenue éblouissante de beauté, tira de son aventure ne s'avérèrent nullement celles auxquelles on pouvait s'attendre. Elles déçurent d'un seul coup tout son entourage.

À sa mère, Giustiniana déclara qu'elle n'épouserait jamais un vieux fou qui n'avait aucune confiance en elle et se montrait incapable de la préserver des entreprises de sa famille.

À La Popelinière, elle apprit que sa famille était prête à tout, même au crime, pour l'empêcher d'être heureux, et qu'elle n'entendait pas mourir à la fleur de l'âge pour le seul et contestable plaisir de l'épouser, ce dont il pensa mourir de fureur. Du coup, il s'en alla tout droit épouser une jolie chanteuse toulonnaise qu'il tenait en réserve à seule fin de faire enrager ses neveux et nièces.

À Casanova enfin, à qui elle avait pourtant juré une reconnaissance et un amour éternels, la jolie Giustiniana tint à peu près ce langage :

— Vous êtes un homme charmant, mais je ne vous aime pas et ne vous ai jamais aimé. Celui que j'aime toujours, c'est Andrea, et c'est lui que je veux retrouver. Merci de votre aide. Je n'oublierai pas ce que vous avez fait pour moi, mais quittons-nous bons amis.

Qui tomba de haut ? notre séducteur. Jamais encore une femme ne lui avait joué un tour pareil. Il s'en vengea assez peu élégamment en obtenant de Choiseul qu'il fît signifier à Mme Wynne et à « sa famille » l'ordre de quitter la France. Et puis, il pensa à autre chose.

Justement, Mme d'Urfé le pressait de reprendre sa quête de la vierge divine. Le jeune comte d'Aranda faisait des siennes à son collège, et la bonne marquise en venait à se demander si son âme infiniment pure serait en sûreté dans le corps d'un pareil galopin.

— Je vous en prie, mon cher Goulenoire, faites tous vos efforts pour que nous aboutissions. Il vous faut, sans retard, engendrer l'enfant divin qui recueillera mon souffle afin que je renaisse dans le corps d'un jeune adolescent... Je compte sur vous.

Elle aussi ? Eh bien, elle allait en avoir pour son argent. De celui-ci, d'ailleurs, Casanova commençait à avoir le plus grand besoin.

IX

Une fameuse bouillabaisse

Néanmoins, Mme d'Urfé allait attendre encore pas mal de temps sa « régénération » car, à peine abandonné par l'ingrate Giustiniana, Casanova se retrouva en prison pour une foule de choses fort désagréables telles que faux, usage de faux, escroquerie, tricherie au jeu, etc.

Car il faut bien le reconnaître, le cœur nous en saignât-il, Giacomo, pour se procurer l'or dont il avait sans cesse besoin, s'était adonné à toutes sortes d'étranges activités. Mme d'Urfé, si généreuse fût-elle, ne pouvait subvenir à un entretien devenu exorbitant. Il avait donc fallu trouver quelque appoint.

C'est ainsi que, la chimie étant à la mode, l'inventif personnage n'avait rien trouvé de mieux qu'installer dans l'enclos du Temple, ce paradis des débiteurs insolvables et des chevaliers d'industrie, une fabrique de tissus imprimés, laquelle fabrique n'imprimait que fort peu de choses mais, en revanche, employait une collection de jeunes et jolies ouvrières peu farouches, dont Casanova vendait assez cher les charmes et les talents amoureux.

Il eût pu finir par se faire une assez belle fortune dans cette peu honorable profession n'eût-il toujours été possédé à l'extrême par son vieux démon du jeu. Tout l'argent qu'il « gagnait », passait dans un tripot de la rue Christine, tenu par une certaine Angélique Lambertini, davantage chef de bande qu'honnête commerçante. Sa maison, bien connue de la police, recevait autant de mauvais garçons que de joueurs. Elle faisait aussi du recel et employait même parfois ses clients en difficulté à de menus travaux de mise à l'abri. C'est ainsi qu'une première plainte concernant Casanova aboutit un jour chez le lieutenant de police.

D'autres vinrent. Il avait joué sur parole, perdu, et n'avait pas payé. Ou bien, il avait été pris en flagrant délit de tricherie. Une fausse lettre de change de 2 400 livres, émise pour un certain baron de la Morenne fit déborder le vase de la police et un beau jour d'août 1759, Casanova se retrouva sur la paille humide du Fort-l'Évêque.

Grâce à ses anges tutélaires habituels, il n'y resta pas très longtemps. Mme du Rumain obtint sa libération, Mme d'Urfé paya ses dettes et parvint à lui trouver une mission auprès de l'ambassadeur de France aux Pays-Bas, le plus sage étant encore de lui faire prendre le large, du moins pour un temps.

— Vous nous reviendrez bientôt, mon cher enfant, lui dit Sémiramis. Nous veillerons à ce que l'on oublie vos gamineries. Faites-vous ignorer quelque temps et voyagez un peu. Peut-être alors rencontrerez-vous enfin cette vierge divine dont nous avons tant besoin.

Casanova jura tout ce que l'on voulut et se hâta de décamper, non sans avoir adressé à Manon Baletti de touchants adieux, si touchants même, que définitivement éclairée sur son bien-aimé, la jeune fille lui renvoya ses lettres et lui fit entendre qu'elle avait l'intention de se marier.

La nouvelle toucha Giacomo plus qu'il ne voulait l'admettre. C'était, avec Giustiniana, la seconde femme qui se détournait de lui. Son charme commençait-il à baisser ? Était-il moins beau, moins séduisant ? Était-ce déjà l'âge qui venait ?

Peut-être. Mais c'était surtout la chance qui commençait à l'abandonner, car, dans les mois qui suivirent, il effectua à travers la Hollande, l'Allemagne, la Suisse et l'Italie un voyage haletant où, à chaque étape, se retrouvait le même scénario : l'entrée en scène était brillante, puis une femme passait par là. Casanova se lançait dans une aventure et, pour éblouir sa conquête, recommençait à jouer, à tricher ou à se livrer de nouveau à ses tours de charlatanerie. Il fallait alors déguerpir discrètement afin d'échapper aux ennuis.

Il visita ainsi Amsterdam, Cologne, où une romance avec la femme du bourgmestre faillit lui coûter la vie, puis Francfort, puis Stuttgart où, dans une auberge, il se fit voler par trois officiers plus filous que lui-même, ensuite Einsiedeln où, dégoûté, il songea un instant à se faire moine, puis Berne, qui lui plut d'abord beaucoup, à cause de certains bains des bords de l'Aar où les baigneurs étaient soignés par de jolies créatures qui ne voyaient aucun inconvénient à aller « faire trempette » avec leurs clients.

Ce fut là qu'après avoir sérieusement réfléchi, Giacomo décida de changer de nom. Casanova, en vérité, commençait à être trop connu, et surtout trop défavorablement connu. Il choisit celui de « chevalier de Seingalt », inspiré de toute évidence par le canton de Saint-Gall. Il lui parut que cela sonnait bien et en tout cas, plus harmonieusement que son nom cabalistique de Goulenoire.

À ce sujet, il devait d'ailleurs fournir une étonnante réponse à un magistrat allemand qui lui demandait sévèrement de quel droit il portait ce nom qui n'était pas le sien.

« Celui que me donne l'alphabet, qui appartient à tout homme qui sait lire. Et vous-même, à quel titre portez-vous le vôtre ? Votre aïeul ou bisaïeul, n'importe, a choisi huit ou dix lettres dont la réunion forme un son barbare qui me déchire les oreilles. Moi, j'en ai choisi huit, dont le son me plaît. Qu'avez-vous à dire à cela ? »

Rien du tout apparemment, puisque Casanova continua en toute tranquillité à porter ce nom qu'il trouvait si seyant.

La Suisse réussit assez au chevalier de Seingalt. Il fut même reçu à Ferney, chez Voltaire, avec lequel il trouva moyen de se disputer en lui faisant entendre que ses œuvres ne valaient pas grand-chose et que sa *Henriade* était aussi inférieure à la *Jérusalem délivrée* du Tasse que sa *Pucelle* l'était à celle de l'Arioste. Le patriarche de Ferney n'aimant pas beaucoup les critiques, le « citoyen du monde » d'un nouveau genre fut poliment prié d'aller porter ses idées ailleurs.

Il rentra en France, atteignit Grenoble, y fit la connaissance d'une superbe créature, Anne Romans, pour s'attirer les faveurs de laquelle il tira l'horoscope et prédit qu'elle deviendrait la maîtresse du Roi. Mais s'il avait espéré un doux paiement pour cette brillante prédiction, il se trompait lourdement : la belle le prit au mot, le remercia chaleureusement, mais lui fit entendre que désormais il ne pouvait être question pour elle de s'abandonner à un autre homme que Sa Majesté. Puis elle fit ses bagages et partit pour Paris, où sa sœur tenait rue de Richelieu un tripot célèbre, et où, en effet, elle devint peu après la maîtresse de Louis XV, lui donna un fils, le futur abbé de Bourbon, avant de convoler en justes noces avec un brigadier de dragons, le marquis de Cavanac.

De Grenoble, Casanova descendit en Provence, séjourna à Aix puis, on ne sait pourquoi, mais vraisemblablement pour des raisons maçonniques, passa en Italie, alla à Florence, à Naples, et finalement à Rome, où le Pape le fit chevalier de l'Éperon d'Or, justifiant ainsi le titre qu'il s'était donné de lui-même.

On peut alors se poser tout de même quelques questions au sujet de cet éternel errant. Casanova était un comédien apte à tous les rôles, mais Rose-Croix, Franc-Maçon, espion de Choiseul et de quelques autres, n'était-il pas également affilié à la puissante Compagnie de Jésus, d'ailleurs déjà menacée ? Il existe, en tout cas, toute une partie cachée de l'existence de notre héros sur laquelle il est impossible de jeter une franche lumière. Il y faudrait l'accès à des archives demeurées ultra-secrètes.

Le séjour à Rome marqua une sorte de point d'orgue. Casanova sembla y puiser une nouvelle jeunesse et c'est d'un pas léger, sans se cacher le moins du monde, qu'il reprit le chemin de la France, où le réclamait Mme d'Urfé. Il y avait maintenant près de dix ans que la bonne dame attendait son miracle personnel, et elle commençait à trouver le temps long.

Ce fut en triomphateur que le « chevalier de Seingalt » revit le quai des Théatins. Ne ramenait-il pas avec lui la « vierge divine » ? En l'occurrence, une belle danseuse de ses amies, la Corticelli, qu'il présenta à Mme d'Urfé, éperdue de bonheur, comme une descendante de ces Lascaris dont descendait lui-même feu le marquis d'Urfé.

— Nous sommes prêts, déclara-t-il à sa vieille amie. Mais pour réussir, il nous faut un lieu écarté et paisible. Une aussi grande chose ne saurait se faire dans l'impur Paris.

On choisit donc de se réunir au château de Pontcarré, demeure ancestrale de la marquise, situé près de Tournan.

Avec ses quatre tours crénelées, le château avait grand air et la propriétaire des lieux y accueillit « le Maître » et la « vierge divine » avec tous les honneurs dus à leur illustre rang.

Elle tint à déshabiller elle-même la Corticelli, la conduisit en cérémonie jusqu'à un vaste lit drapé de brocart, où bientôt Casanova vint la rejoindre et s'employa à préparer l'enfant destiné à recevoir le souffle de « Sémiramis ». Celle-ci, le « sacrifice » accompli, entama une attente qui aurait dû normalement durer neuf mois. Mais naturellement, la danseuse n'avait aucune envie d'avoir un enfant et, à peine sortie de la chambre, fit ce qu'il fallait pour n'en point avoir.

Aussi, au bout de quelques semaines, le divin Goulenoire accourut-il, tout affolé chez sa vieille amie pour lui annoncer que « tout était manqué ». La « fille des Lascaris » avait été « gâtée par un génie noir » juste avant son arrivée au château et, n'étant plus « vierge ni divine », ne pouvait procréer l'enfant désiré. Il fallait l'éloigner au plus vite car elle risquait de mettre au monde un gnome affreux en lequel l'âme supérieure de la marquise n'aurait aucun plaisir à s'incarner.

Pour consoler Mme d'Urfé, Casanova déclara que le mieux était de changer de lieu et, si l'on voulait réussir à coup sûr, de se rendre à Marseille, où résidait habituellement certain génie très puissant nommé Quérilith, dont l'influence bénéfique suffirait à écarter tout risque de défaite.

En réalité, Casanova s'était brouillé avec la Corticelli, qui ne se ressentait guère de passer des mois dans un vieux château féodal et qui, outre les manœuvres malhonnêtes dont elle s'était rendue coupable, venait de s'enfuir avec le jeune « comte d'Aranda », que Casanova avait récupéré pour la circonstance, où il avait joué le rôle de maître des cérémonies et de « modèle ». Enfin, notre héros estimait qu'elle avait fort mal joué son rôle de

« vierge divine » n'ayant évidemment aucune idée de ce que pouvait bien être une vierge, surtout divine.

Tout était donc à recommencer. Mais la marquise ayant repris le financement intensif des opérations, Casanova n'y voyait au fond que des avantages.

On se transporta à Marseille. Là, au cours d'une évocation mémorable, le génie Quérilith (joué par un certain Passano, peintre famélique et rimailleur de rues) consentit à se manifester au milieu d'une grande débauche de fumées propres à étouffer tout un escadron.

Son verdict ravit positivement la marquise : point n'était besoin de vierge divine. Pour obtenir l'enfant indispensable le mieux était encore que la marquise le fît elle-même.

Pour la vérité des choses, il faut bien ajouter que le génie Quérilith était superbement ivre en énonçant cette vérité première et qu'à la sortie, Casanova lui administra une mémorable raclée. Mais le mal était fait, le vin était tiré, il s'agissait de le boire jusqu'à la lie, qui promettait d'être épaisse.

Consciencieux, malgré tout, Casanova, redevenu Goulenoire, prépara toute une affriolante mise en scène, avec le concours d'une fort jolie fille, d'abord pressentie pour le rôle de la seconde « vierge divine » et qui dut se contenter de celui, plus modeste mais encore intéressant, « d'ondine », c'est-à-dire de divinité propitiatoire des Eaux.

Une belle nuit, à l'heure dite d'Orasmasis, qui passait pour celle des réalisations divines, Casanova, plus Goulenoire que jamais, et la marquise, qui avait revêtu, avec le plaisir que l'on imagine, son flatteur avatar de Sémiramis, se mirent à table pour un souper composé uniquement « de poissons de la Méditerranée ».

Autrement dit, tous deux s'installèrent autour de l'une de ces fabuleuses bouillabaisses dont les vertus roboratives n'ont jamais, de mémoire de Marseillais, fait défaut à leurs adeptes...

Le souper terminé, l'ondine apparut, vêtue comme il se doit d'une longue robe verte agréablement transparente, vint prendre Sémiramis par la main et la conduisit près d'une grande cuve pleine d'une eau tiède et parfumée. Puis, après l'avoir dévêtue, elle l'aida à s'y plonger avant de rendre à Goulenoire le même service amical. Cela fait, elle poussa la conscience professionnelle jusqu'à ôter elle aussi sa robe verte et à entrer dans la cuve pour participer, avec les deux époux mystiques, à cette baignade « rituelle », qui n'avait pas grand-chose à voir avec le mysticisme.

Néanmoins, on se livra en chœur à quelques invocations sonores. Après quoi, tout le monde sortit de l'eau et l'ondine conduisit enfin Sémiramis et Goulenoire jusqu'à un beau lit dressé au fond de la chambre, les coucha maternellement, puis tira sur eux les rideaux et souffla les chandelles.

Le lendemain matin, Sémiramis d'Urfé, folle d'une joie oubliée depuis longtemps, sautait au cou de son époux mystique.

— Jamais je n'ai été aussi heureuse ! Mon cher Goulenoire, je vous dois ma plus belle nuit et mon plus grand bonheur.

— Vous ne me devez rien, ma chère âme, susurra Casanova dont la nuit, évidemment, avait été beaucoup plus éprouvante. Je n'ai été que l'instrument des génies, ainsi que l'a commandé Quérilith (que le Diable l'emporte!).

— N'importe. Cette nuit a changé beaucoup de choses. Vous devez m'épouser, mon bien-aimé, sinon, je ne sais ce qui arrivera dans neuf mois lorsque j'accoucherai et me donnerai naissance à moi-même sous la forme d'un bel enfant mâle. Car nous avons réussi, j'en suis certaine. Cet enfant, je le sens déjà vivre en moi! Il faut nous hâter...

La malheureuse venait de trouver, sans s'en douter, le seul moyen de faire fuir loin d'elle l'impudent pique-assiette qu'elle nourrissait depuis si longtemps. La nuit écoulée avait déjà paru suffisamment longue à Goulenoire pour que la perspective d'une interminable série de ces exploits nocturnes l'épouvantât tout de bon, même avec l'agréable perspective de la fortune des Urfé. Il lui fallait se hâter en effet, mais de prendre le large...

De vrai, il ne lui restait plus d'autre solution car il avait oublié de compter avec le « bon génie » Quérilith. Furieux, outré et courbatu, montrant encore des bleus fort apparents, celui-ci s'en vint dévoiler toute la supercherie à la pauvre Sémiramis au cours d'une scène mémorable à laquelle la bonne dame ne comprit pas grand-chose, sinon que Quérilith était réellement un génie providentiel et Goulenoire un affreux imposteur.

Menacé des galères, Casanova quitta Marseille aussi vite que le permettaient les jambes de son cheval, mais non sans s'être muni d'un substantiel « souvenir » : en l'occurrence, un écrin de fort beaux diamants qui allaient lui permettre de subsister outre-Manche durant quelque temps. Il gagna donc Londres par les moyens les plus directs. Cette fois, c'en était bien fini de la France...

Restée seule, Mme d'Urfé, assez désenchantée malgré tout, trouva quelques consolations dans la compagnie du bon génie Quérilith, qui lui coûta encore plus cher que Casanova et ne savait pas vivre. Elle finit par s'en débarrasser, mais sa folie avait pris une teinte mélancolique. Elle passait son temps à écrire à son ancêtre Honoré d'Urfé pour le prier de l'honorer de ses conseils et de ne pas « permettre que celle qui a l'honneur de porter son nom soit trompée et prenne le noir pour du blanc ». Mais il était peut-être un peu tard et le défunt auteur de *l'Astrée* ne pouvait plus grand-chose pour elle. La marquise mourut peu d'années après, en 1775...

X

Un tombeau en Bohême...

Pendant ce temps, l'éternel errant avait repris la route. La ronde infernale continuait, et neuf années encore, Casanova allait se heurter aux frontières de l'Europe comme un oiseau affolé aux barreaux de sa cage. Son existence n'est qu'une liste de noms de villes, presque tous doublés d'un nom de femme.

À Londres, où il s'est réfugié après l'aventure de Marseille qui lui avait permis de voir les galères de près, au propre comme au figuré, il retrouve les brouillards qu'il n'aime pas, lui, l'homme du soleil. Il n'apprécie pas davantage les Anglais, « ces figures de perroquets façonnées en casse-noisettes »... et encore moins le thé !

Mais il y trouve une femme, une courtisane de dix-sept ans, que l'on appelle la Charpillon et qui va venger toutes les autres conquêtes. Elle est merveilleusement belle d'abord : des yeux d'un bleu azur, une peau d'une éclatante blancheur, une merveilleuse chevelure châtain clair, un corps à damner tous les saints du paradis, et une infernale coquetterie dont elle expérimente le diabolique arsenal sur le séducteur de l'Europe.

Et Casanova est pris, envoûté par cette fille, qu'il se met à détester sans pour autant cesser de la désirer passionnément. Elle se moque de lui, se donne, se reprend, le ridiculise même, au point qu'il songe un moment, lui le maître des femmes, lui le bourreau des cœurs, à se suicider.

Le jeu et une « noble dame hanovrienne » qui lui « vendit ses filles » le sauvèrent un moment, mais pour mieux causer sa perte. L'âge s'installant ne rendait pas Casanova plus honnête, ni plus habile. Une plainte, au début de 1764, le contraignit à quitter Londres un peu précipitamment.

Il gagna Berlin, où il essaya de prendre du service chez le Grand Frédéric, qui se moqua de lui et lui proposa d'apprendre la propreté à ses cadets de l'École militaire qui étaient tous « des cochons ». L'aventure ne tenta guère l'aventurier. Il renonça vite à Berlin, malgré les grâces un peu mûres d'une comtesse balte.

À Mittau, où il se tailla quelque réputation en enseignant les danses nouvelles aux douairières de la cour du duc régnant de Courlande, Jean Biren, il s'offrit une aventure avec une jolie Française entretenue par l'ambassadeur de Pologne. Mais cela ne lui suffisait pas : il désirait se faire présenter à l'impératrice de Russie, Catherine II, dont on disait qu'elle changeait d'amant plus souvent que de chemise.

Il y parvint, eut avec la souveraine une entrevue d'une heure, dont il sortit déçu. La Grande Catherine n'avait été sensible ni à ses talents de cabaliste ni à son célèbre charme. D'ailleurs, le charme en question diminuait considérablement, l'âge et les excès en tous genres se partageant les responsabilités du mal.

Ensuite, ce fut Varsovie, où régnait Stanislas Poniatowski, et dont on lui avait dit que c'était un petit Paris. Casanova se fit assez bien voir du roi, mais tomba au plein milieu d'une querelle opposant deux filles de théâtre : la Binetti et la Cataï.

Par goût personnel, il prit parti pour la seconde, ce qui fit que la première, se jugeant insultée, lança sur lui son amant, un redoutable ferrailleur, le comte Branicki. Le duel eut lieu... et ce fut Casanova qui l'emporta : contre toute attente, on dut ramener Branicki chez lui en fort piteux état. Les maladroits sont, c'est bien connu, plus dangereux que les maîtres.

— Les duels sont défendus, dit courtoisement Branicki à son adversaire. Je crains que vous ne m'ayez tué, et vous allez être condamné à mort. Sauvez-vous, servez-vous de mes chevaux. Si vous n'avez pas d'argent, prenez ma bourse !

On n'est pas plus chevaleresque...

Il fallait quitter Varsovie. Cette fois, ce fut pour Vienne, où Casanova demeura quelque temps, vivant sur la bourse de Branicki et une somme assez rondelette qu'au moment de son départ, ce brave homme de roi Stanislas lui avait fait discrètement remettre avec ses souhaits de bon voyage.

Hélas, l'argent ne durait jamais très longtemps chez l'aventurier et il dut, fidèle à ses habitudes, recourir à ses expédients ordinaires. Cela lui valut une courte mais désagréable conversation avec le chef de la police autrichienne.

— Voici ma montre, dit celui-ci, regardez-la bien.

— Je vois, fit Casanova, qui ne voyait pas, en tout cas, où son interlocuteur voulait en venir.

— Eh bien, si demain à la même heure vous êtes encore à Vienne, je vous ferai conduire de force hors de la ville.

Affolé, Casanova tenta de gagner du temps, écrivit sur l'heure une lettre suppliante à l'impératrice Marie-Thérèse par le truchement d'une sienne amie bien placée au palais, mais ne réussit pas à gagner plus de huit jours, au bout desquels il fallut bien remonter en chaise de poste, non sans regrets, car le printemps viennois avait un bien grand charme. Et puis, l'éternel errant commençait à rêver de se fixer. Ses articulations rouillaient lentement, et l'on soigne mal les rhumatismes dans les ornières des grands chemins.

Une ville d'eaux lui parut tout indiquée pour sa santé : il se rendit à Spa, où se pressait une foule cosmopolite et où l'on jouait gros jeu.

Il y trouva un compatriote, un certain Croce qui, brûlé à Spa, car c'était aussi un pilier de tripots, lui céda son amie, une jolie fille nommée Charlotte Lamothe, dont Casanova s'éprit docilement, mais qui était enceinte de ce Croce, qu'elle aimait de surcroît.

Avec elle, Casanova fit l'expérience des amours platoniques. Il était pris une fois de plus et, pour plaire à Charlotte qui soupirait après son pays, il commit la folie de rentrer en France pour ramener la belle à Paris.

Il échappa de justesse à la Bastille, où le neveu de la marquise d'Urfé cherchait à l'envoyer au moyen d'une lettre de cachet. L'éternellement bonne Mme du Rumain le sauva une fois de plus : la lettre de cachet fut révoquée mais, le 15 novembre 1767, Casanova recevait un passeport pour l'Espagne. Il fallut dire adieu à Charlotte, qui l'avait d'ailleurs déjà remplacé.

À Madrid, il entama une romance avec la fille d'un curieux personnage, un gentilhomme-cordonnier, la señorita Ignazia, à laquelle il eut l'heur de plaire. Mais il trouva le moyen de déplaire à un certain Manuzzi, espion du gouvernement et pourvu d'un bras redoutablement long. Et le malencontreux Giacomo reçut l'ordre de quitter Madrid comme il avait quitté Paris.

Il n'alla pas loin, il est vrai : l'ordre n'intéressait que la capitale. À Valence, il retrouva une jolie compatriote, Nina Bergonzi, maîtresse du capitaine-général de Catalogne, qu'il suivit incontinent à Barcelone. Là, le destin lui réservait l'un de ces mauvais tours dont il devenait coutumier.

Est-ce qu'au détour d'une ruelle, il ne tomba pas sur le génie Quérilith en personne, l'affreux Passano, qui l'avait dénoncé à Mme d'Urfé ? L'entrevue fut tellement orageuse que Passano, rossé d'importance, jura de se venger. C'était un homme qui avait la rancune active : il se hâta de dénoncer en Casanova le possesseur d'un faux passeport, et Giacomo se retrouva bientôt enfermé derrière les murs sans grâce de la citadelle.

Il n'en sortit que sur la promesse de quitter la ville dans les trois jours, promesse à laquelle il se garda bien de manquer.

On le vit à Perpignan, puis à Béziers, puis à Aix-en-Provence, où il tomba malade et fut soigné par une mystérieuse dame... qui n'était autre qu'Henriette, la belle Marseillaise, le délicieux amour de sa jeunesse. Henriette, qui avait tellement grossi qu'elle refusa farouchement de se laisser voir et disparut dès qu'il fut remis, lui laissant de nouveau un agréable viatique.

Il fit alors la rencontre d'un couple étrange, séduisant d'ailleurs, et dont la femme fit un moment battre son cœur. L'homme se nommait Joseph Balsamo, la femme Lorenza, et ni l'un ni l'autre n'avaient encore eu le temps de devenir comte et comtesse de Cagliostro.

L'aventure tourna court. Les Balsamo se rendaient à Lisbonne, Casanova, hanté par le souvenir de Venise, reprit le chemin de l'Italie, après les avoir accompagnés un bout de chemin, s'installa à Livourne, où il tenta vainement d'entrer au service du comte Alexis Orloff, commandant l'escadre russe. Peine perdue : Orloff l'éconduisit dédaigneusement[1].

Ensuite, ce fut Rome, où il séjourna longtemps, grâce à son ancien compagnon de bamboche, le

---

1. Orloff avait autre chose à faire. Il était là pour capturer, de la plus indigne façon d'ailleurs, une belle aventurière, la princesse Tarakanova, qui se disait fille de l'impératrice Élisabeth.

cardinal-ambassadeur de Bernis, qui le protégea tout le temps que dura son ambassade.

Et puis Florence, et puis Bologne, Trieste, Görlitz. Toujours plus près de Venise, qui l'attirait comme un aimant. Mais c'était toujours le même scénario : le jeu, les tripots, un esclandre. Pourtant, Casanova put un jour espérer voir la fin de ses malheurs : quelques petits services d'espionnage rendus à la Sérénissime République permirent à certains de ses amis de demander sa grâce, et de l'obtenir. Le 10 septembre 1774, il apprenait qu'il pouvait désormais réintégrer sa ville natale.

« Je suis fou de joie ! s'écria-t-il en éclatant en sanglots. Jamais le tribunal redoutable des Inquisiteurs d'État n'a fait à un citoyen une grâce plus ample que celle dont on m'a comblé... »

Venise, qu'il n'avait pas revue depuis dix-huit ans, n'avait guère changée. Les trois vieillards étaient morts, bien sûr, mais nombre des anciens amis étaient toujours là ; Memmo, Buletti, même son compagnon de prison, Balbi, retombé dans la misère, même Giustiniana, devenue comtesse Rosenberg, toute confite en vertu et en dévotion.

On l'accueillit comme l'enfant prodigue et on lui trouva une situation, celle de « confident », ou espion à gages du Conseil des Dix.

Comme Giustiniana elle-même, il plongea bientôt dans l'austérité, la sévérité, dénonçant tous ceux qui menaient la folle vie qu'il avait tant aimée jadis et qui ne voulait plus de lui.

Ne pouvant se passer de femme, il s'était mis en ménage avec une couturière pauvre, une certaine Francesca Buschini, affligée d'une mère acariâtre et avide. Francesca n'était pas très belle, mais elle veillait sur Giacomo, reprisait ses vêtements, tenait son linge et s'entendait à merveille à confectionner sa gâterie favorite : le chocolat chaud.

De temps en temps, il retrouvait un peu de la gloire passée en racontant ses voyages chez d'anciens amis patriciens... et le goût du jeu quand on l'envoyait espionner, à Abano, les riches rhumatisants et les salons-tripots.

La vie aurait pu couler ainsi, douce, agréable encore. Hélas, Casanova était de ceux qui ne savent que gâcher leurs chances. Compromis dans une affaire d'argent où il avait impliqué son ami le patricien Grimani, celui-ci se fâcha d'autant plus que Casanova, imprudemment, l'avait mis en cause dans un venimeux libelle intitulé *Les Écuries d'Augias*.

Et les portes de Venise, une fois encore, se refermèrent derrière Casanova.

« Ou bien je ne suis pas fait pour Venise, ou bien elle n'est pas faite pour moi », tenta-t-il de philosopher pour cacher sa peine et son angoisse.

Car à présent l'avenir lui faisait peur : il approchait de la soixantaine et sa santé déclinait. Les longues routes effrayaient ses jambes, son dos. Pourtant, il fallait bien partir encore...

En janvier 1783, après avoir dit à Francesca qu'il reviendrait bientôt et lui enverrait de l'argent pour le loyer de la maison, il monta une fois encore en bateau pour gagner la terre ferme à Mestre.

Pensant qu'on l'avait oublié, il tenta de reprendre la tournée infernale : Vienne, Spa, Paris, un instant, juste le temps de retrouver son frère Francesco, le peintre, qui le ramena à Vienne où il trouva un moment du travail comme secrétaire de l'ambassadeur de Venise, le comte Foscarini.

Il gagnait un peu d'argent et, fidèle pour une fois à sa promesse, il en envoyait tous les mois à Francesca, jusqu'au jour où il apprit que, poussée par sa mère, elle avait vendu tout ce qu'il possédait, notamment tous ses livres.

Alors, il décida de rompre avec elle, avec Venise aussi.

— Jamais plus je n'y retournerai, murmura-t-il en essuyant rageusement des larmes qu'il ne savait plus retenir.

Mais où aller encore ? L'ambassadeur allait repartir, le laissant là...

Ce fut pourtant chez lui qu'il rencontra sa dernière chance, sous la forme du comte Waldstein, neveu du prince de Ligne, que la magie et la Cabale intéressaient passionnément. Après quelques instants de conversation avec Giacomo, le comte lui dit :

— Venez en Bohême avec moi. Je pars demain.

Il ne partit pas tout de suite, finit pourtant par se décider et, quelques mois plus tard, les habitants du village de Dux, en Bohême, virent arriver un grand vieillard aux yeux fixes et flambants sous d'épais sourcils blancs, la figure osseuse et longue, le nez immense et coupant comme une lame. Un vieillard qui donnait encore une grande impression de vigueur.

Le château de Dux était une magnifique demeure à la française, située dans un immense parc, non loin de Toeplitz, une célèbre ville d'eaux. Casanova trouva là le paradis de ses vieux jours... et ne sut pas l'apprécier.

Le comte, jeune, aimable, galant, lui avait confié les quelque 40 000 volumes de sa bibliothèque, moyennant le logement, la nourriture et un millier de florins par an, une belle somme, le triple environ de ce qu'il gagnait à Venise.

En outre, tant que le maître était au château, le bibliothécaire jouissait dans les soirées de quelque prestige. Il amusait, entre autres, le prince de Ligne, oncle du comte, qui l'avait surnommé Aventuros et nous a laissé de Casanova un portrait à la fois saisissant et bien dans sa manière.

« Ce serait un bien bel homme s'il n'était pas laid. Il est grand, bâti en hercule, mais un teint africain. Des yeux vifs, pleins d'esprit à la vérité mais qui annoncent toujours la susceptibilité, l'inquiétude ou la rancune, lui donnent un peu l'air féroce. Plus facile à être mis en colère qu'en gaîté, il rit peu, mais il fait rire. Il a une manière de dire les choses qui tient de l'Arlequin balourd et du Figaro, et le rend très plaisant. Il n'y a que les choses qu'il prétend savoir qu'il ne sait pas : les règles de la danse, de la langue française, du goût, de l'usage du monde et du savoir-vivre. C'est un puits de science, mais il cite si souvent Horace que c'est de quoi en dégoûter... »

Ce qu'ignorait Ligne, c'est que les femmes hantaient toujours le corps inapaisé du séducteur, mais sans qu'il pût désormais assouvir ses désirs. Les femmes et les filles du village avaient peur de lui et fuyaient son approche.

Alors, il trompait sa faim en écrivant, racontant sa vie, griffonnant des rames entières de papier, composant de fumeux ouvrages que refusaient les éditeurs avec une inaltérable constance. Il mangeait aussi énormément, dévorant à longueur de journée, à la grande fureur de son ennemi intime, l'intendant du château Faulkircher, qui devenait sa seule compagnie quand le comte Waldstein quittait Dux, ce qui lui arrivait fréquemment.

Non, Casanova n'est pas heureux ! Morose, aigri, susceptible, il tourne contre lui la domesticité du château, à laquelle il sert bientôt de cible. Chaque jour éclatent des querelles parce que son chocolat n'est pas à son goût, que sa polenta a brûlé, qu'un chien l'a empêché de dormir, que la servante attachée à son service a embrouillé ses papiers et même en a jeté quelques-uns couverts de ratures et qu'elle jugeait sales.

« Je suis, écrit-il, comme un noble destrier que le malheur a fourvoyé parmi les ânes et forcé d'en souffrir patiemment les ruades... »

Alors, il mange, trouvant dans les excès de table et de boisson une compensation à ce qu'il croit être ses misères et qui viennent toutes de son caractère devenu insupportable.

Il voudrait revoir Venise une fois encore, prie le comte de lui obtenir cette précieuse permission, mais l'hiver vient et sa santé se met brutalement à décliner. Bientôt, il ne pourra plus quitter le château et il passe cet hiver tout entier au coin du feu, enveloppé de couvertures, en compagnie d'un neveu, Carlo Angiolini, venu le visiter, et de sa petite chienne Finette.

Il a pris froid et puis, son estomac surchargé le fait de plus en plus souffrir. Le 4 juin 1798 (il a soixante-treize ans), il ne peut plus quitter son lit et demande un prêtre.

La confession est longue. Plus Casanova fouille sa mémoire, plus il en trouve à dire et en l'écoutant, le pauvre curé transpire abondamment. Finalement, le mourant articule sa conclusion :

— Grand Dieu, et vous qui êtes témoin de ma mort, sachez que j'ai vécu en philosophe et que je meurs en chrétien.

On l'enterra au cimetière de Dux, près de l'église.

« Sa tombe, dit l'historien Lucas-Dubreton, était surmontée d'une croix de fer qui se descella, resta enfouie dans les herbes folles et, par les nuits sans lune, accrochait, de ses aspérités, les jupes des filles qui passaient... »

L'âme inapaisée du séducteur ne finira-t-elle pas un jour par trouver le repos ?

LE BANDIT

Cartouche

I

Comment on devient bandit

Depuis que son fils était miraculeusement revenu, à la maison, le père Cartouche se trouvait partagé entre la joie et une vague inquiétude. C'est qu'en cinq ans, le garçon avait bien changé !

En 1704, ce n'était qu'un gamin de onze ans, un gosse comme les autres, courant pieds nus dans les petites ruelles du quartier de la Courtille, chapardant aux devantures des fruitiers ou jouant au sabot dans la poussière des chemins. Et puis, un soir, Louis-Dominique n'était pas rentré chez ses parents.

On l'avait appelé, on l'avait cherché. Le père et la mère s'étaient rendus chez tous les galopins qu'il fréquentait habituellement. Peine perdue ! Personne ne l'avait vu. Seul un de ses deux petits frères sut dire qu'il avait vu Louis-Dominique courant après quelqu'un vers le bout de la rue de la Fontaine-de-l'Échaudé, où habitait la famille.

— Tu n'as pas vu qui c'était ? demanda le père.

Mais l'enfant avait hoché la tête, tournant des yeux inquiets vers la porte, comme s'il craignait d'y voir surgir une inquiétante silhouette.

— Je crois que c'était une fille, une bohémienne ! Elle avait un jupon rouge et jaune, un collier de pièces et des jambes noires.

On prévint la maréchaussée, mais ce fut peine perdue. On ne retrouva pas Louis-Dominique. Des bohémiens, campés aux portes de Paris, l'avaient enlevé. La mère pleura, le père s'efforça de cacher son chagrin et les jeunes frères, peu à peu, oublièrent leur aîné, jusqu'à ce jour d'hiver, au début de l'année 1709, où l'oncle Tanton, qui habitait Rouen, retrouva, par le plus grand des hasards, son neveu, grelottant de fièvre sur un lit d'hôpital.

Il avait aussitôt emmené chez lui Louis-Dominique, l'avait soigné, guéri, puis triomphalement ramené rue de la Fontaine-de-l'Échaudé, où il avait reçu l'accueil que l'on devine.

Pourtant, les premiers jours de joie passés, le père Cartouche s'était mis à éprouver une sorte de gêne en face de son aîné. Il ne le reconnaissait plus. Le garçon avait grandi, bien sûr. Le gosse turbulent s'était mué en un vrai jeune homme, mais silencieux, distant... Son adresse et son agilité, sans doute exercées par les romanichels, étaient devenues incroyables, inquiétantes même chez un apprenti tonnelier. Car bien entendu, le père Cartouche avait trouvé tout naturel d'engager son fils à travailler avec lui. Louis-Dominique ne refusa pas. Il prit le marteau, le tablier de cuir, et il travailla. Mais il ne chantait jamais, et pour le père, un tonnelier qui ne chante pas n'est pas un vrai tonnelier. Il ne pouvait avoir le cœur à l'ouvrage.

Louis-Dominique ne parlait pas, mais il regardait beaucoup. Il regardait surtout une jolie fille qui, matin et soir, passait devant son atelier. D'elle, il savait peu de choses : elle habitait un peu plus haut dans la rue, elle s'appelait Toinon et elle était lingère. On disait qu'elle travaillait pour Mlle Amaranthe, la célèbre faiseuse chez qui se fournissait tout le bel air et, à voir ses jupons coquets, les dentelles dont elle ornait son décolleté, peut-être un peu trop profond pour une fille honnête, on n'en doutait pas. Du moins, Louis-Dominique n'en doutait pas. Il se contentait d'admirer, voire un peu plus.

Il prit l'habitude d'aller chaque soir, son travail terminé, rôder autour de la maison de Toinon, attendant qu'elle rentrât et se jurant régulièrement d'aborder enfin celle qui lui plaisait tant. Ce fut, à la vérité, la jolie fille qui engagea le dialogue la première. Elle n'avait pas été sans remarquer ce garçon, pauvrement vêtu certes, mais séduisant et vigoureux, qui la regardait passer avec des yeux ardents.

— Pourquoi donc restez-vous chaque soir devant ma maison ? lui demanda-t-elle.

Sous le hâle gagné au long des grands chemins, Louis-Dominique rougit.

— Parce que vous êtes belle et que j'aime vous voir.

— Me voir seulement ? Vous n'aviez pas envie de me parler ?

— Oh ! si... mais je n'osais pas !

— Vous aviez tort ! Vous ne me déplaisez pas,

vous savez ? Vous êtes plutôt joli garçon... Dommage que vous soyez si mal vêtu. Nous aurions pu sortir ensemble...

Il sembla au jeune homme qu'une porte secrète venait de s'ouvrir devant lui, dévoilant un paysage inconnu, insoupçonné.

— Sortir avec moi ? Vous accepteriez ?

Un poing sur sa hanche, Toinon se balançait doucement sur la pointe des pieds, en détaillant Louis-Dominique. Elle eut un sourire moqueur.

— Pourquoi pas ? Si vous m'invitez à quelques parties fines et si vous êtes assez galant pour m'offrir quelques colifichets, je crois que j'aimerais sortir avec vous. Pensez-y.

Et Toinon, pirouettant sur elle-même dans un grand envol de jupons roses qui découvrirent fort à propos une jambe fine, disparut dans la maison dont la porte claqua sur elle. Lentement, Louis-Dominique, les mains au fond de ses poches vides, rentra chez lui. Il était brutalement redescendu des hauteurs où un instant, Toinon, l'avait entraîné. Des parties fines, des colifichets ? Où voulait-elle qu'il prît tout cela ? Il n'avait guère d'argent, en dehors des quelques sols parcimonieusement abandonnés chaque semaine par le père Cartouche... Pourtant, cette fille, il fallait qu'il réussît à lui plaire, il le fallait à tout prix !

Les jours qui suivirent ne firent qu'exaspérer le désir du jeune homme. Chaque fois qu'il apercevait Toinon, son cœur bondissait. Et il supportait de plus en plus mal les sourires, mi-d'invite, mi-de mépris qu'elle lui adressait au passage. C'est alors qu'il découvrit, comme par hasard, le coffret où le père Cartouche rangeait ses économies.

Dès le lendemain, il emmenait Toinon souper dans une guinguette de Belleville et lui offrait un éventail de soie peinte. Quand ils revinrent vers la Courtille, au cœur de la nuit, Toinon, reconnaissante, ouvrit devant lui la porte de sa chambre.

Ce bonheur dura deux grandes semaines. Louis-Dominique, enivré, transporté hors de lui-même, couvrait Toinon de menus présents et la suppliait de l'épouser, ne comprenant pas comment sa maîtresse pouvait, chaude encore de ses baisers, décliner en riant cette flatteuse proposition. Cependant, la réserve d'argent baissait notablement dans la cassette paternelle, et Louis-Dominique commençait à se demander comment il allait pouvoir à la fois boucher le trou et continuer à entretenir les caprices de Toinon. Bien sûr, il se souvenait de ce qu'on lui avait appris chez les bohémiens, des moyens qu'ils employaient pour remplir leurs garde-manger et se procurer un peu d'or. Mais il rêvait d'amour pur, d'une vie rangée aux côtés de sa belle Toinon et ne voulait pas risquer un avenir aussi joliment azuré par un geste inconsidéré qui eût pu l'envoyer ramer de longues années sur les galères du Roi. Il y a toutefois des moments où le destin se plaît à décider lui-même. Un drame fit basculer brusquement celui du jeune tonnelier.

Un soir, grimpant quatre à quatre jusqu'à la chambre de Toinon, il croisa dans l'escalier une sorte de fat ventripotent et enrubanné, qui portait sous le bras un chapeau garni de plumes blanches et chiquenaudait son jabot avec une suprême élégance. Sur le moment, il n'y prêta guère attention, d'autant plus que Toinon se montra envers lui plus tendre que jamais. Ce fut le lendemain seulement, alors qu'il travaillait à un tonneau et que son esprit pouvait vagabonder librement, qu'il se souvint de l'incident. L'homme aux rubans ne pouvait venir que de chez Toinon.

Le doute le mordit si cruellement qu'il décida de s'assurer de ses soupçons. Depuis quelque temps, Toinon le faisait venir plus tard et refusait de sortir, se disant lasse. Ce fut encore pis quand un gamin lui apporta un billet dans lequel Toinon lui demandait de ne pas venir ce soir-là ni avant la fin de la semaine, pour des raisons qui parurent assez vagues à l'adolescent. Cela acheva de le décider.

Il guetta le retour de la jeune fille, attendit une heure, puis se rendit chez elle. Montant quatre à quatre l'escalier, il frappa à la porte. Personne ne répondit, mais de l'autre côté du vantail, il entendit chuchoter. Toinon était là, il en était certain, et elle n'était pas seule.

Une terrible colère s'empara de lui. Se jetant contre la porte, il l'enfonça d'un coup d'épaule, se trouva projeté dans la chambre. Un double cri répondit au fracas du vantail brisé : dans le lit, Toinon, à demi nue, se cramponnait au gros jeune homme de la veille. Celui-ci hurla, d'une voix de fausset :

— Malappris ! Comment osez-vous ? Je vais vous faire jeter dehors par le guet !

— Le guet, mon gros, il faudrait aller le chercher ! En attendant, c'est moi qui vais te jeter dehors,

— De quel droit ?

Indignée, Toinon s'était dressée. Sans souci de sa tenue, elle bondit sur Louis-Dominique, griffes en avant.

— C'est toi qui vas filer, mon garçon ! J'ai été trop bonne pour toi ! Tu n'imaginais pas que cela allait durer toujours ? Je vaux mieux que tes cadeaux minables, sais-tu.

Un instant, Louis-Dominique la regarda comme s'il la voyait pour la première fois. C'était un peu cela d'ailleurs. Jamais encore il ne l'avait vue comme il la voyait à présent : avide, calculatrice, perverse... Même son joli visage, ainsi déformé par la fureur, lui parut affreux...

— Si, j'avais imaginé que cela pouvait durer toujours. Mais tu ne méritais pas mes rêves !

D'une bourrade, il a envoyé la fille rejoindre son amant sur le lit, puis il a dégringolé l'escalier, comme on se sauve, les yeux secs, la tête en feu. Cependant, pour ce soir-là, il n'était pas au bout de ses peines.

En approchant de la maison paternelle, il surprit par la fenêtre ouverte une conversation qui lui fit dresser les cheveux sur la tête.

— Je sais que c'est lui, disait le père. Je m'en doutais un peu depuis quelque temps mais, hier, je l'ai épié et je l'ai vu prendre une pièce dans mon coffre.

Ensuite, il y eut la voix de la mère, lourde de larmes.

— Ce n'est pas possible ! Je n'arriverai jamais à croire une chose pareille.

— Faudra bien pourtant, ma pauvre femme ! Ces cinq ans chez ces maudits bohémiens, ça lui a sûrement laissé des traces. On lui a appris qu'il était plus facile de voler que de travailler.

— Mais il travaille...

— Oui. Mais il n'aime pas son travail. Je le vois bien.

Il y eut un silence, puis la mère reprit :

— Que vas-tu faire ?

— Un séjour à Saint-Lazare lui fera le plus grand bien. Je ne peux pas laisser un voleur, fût-il mon fils, en liberté. Demain matin, sous couleur d'aller voir un fournisseur, je l'emmènerai et le conduirai... là-bas !

Louis-Dominique n'en entendit pas davantage. S'il rentrait chez lui, il était perdu. Il connaissait assez son père pour savoir que rien ni personne ne pourrait le fléchir. Il recula d'un pas, de deux, de trois, puis, quand il fut assez éloigné de la maison, il prit sa course et s'enfonça dans la grande ville comme on plonge dans la mer. La coquetterie et l'ingratitude de Toinon avaient décidé de son sort. Louis-Dominique était mort. Cartouche venait de naître...

Une fois secouée de ses semelles la poussière de la maison paternelle, Cartouche découvrit qu'il était beau d'avoir dix-sept ans, d'être leste et vigoureux, et d'habiter Paris. Car bien entendu il ne jugea pas utile de s'expatrier. Les chances de rencontrer son père étaient minces dans la grande ville, surtout dans les milieux qu'il avait l'intention de fréquenter. Il décida en même temps qu'il était stupide de travailler et de se salir les mains, quand on avait les doigts agiles et qu'il était si facile de se procurer bourses et bijoux à bon compte. Les leçons des bohémiens lui revinrent aisément à l'esprit. Son adresse les perfectionna.

Mince, leste et de mine avenante, il plaisait aux femmes, mais tenait trop à sa liberté toute neuve pour l'abandonner aux mains d'une quelconque maîtresse. Il se mit à fréquenter les endroits où s'assemble la foule : les églises, les foires Saint-Germain ou Saint-Laurent, le Pont-Neuf aussi, avec son monde coloré de montreurs d'animaux savants et de marionnettes, de bateleurs et de diseuses de bonne aventure. Là, couper une bourse ou subtiliser une montre était pour lui chose aisée. Bientôt, Cartouche put porter des vêtements de soie et un chapeau à plumes tout semblable à celui du gros gentilhomme de Toinon. On le vit aux prêches, aux grand-messes et au Cours-la-Reine où, chaque jour, se promenait la bonne société.

Or, un matin, il se rendit à la grand-messe dans la maison professe des Jésuites, rue Saint-Antoine (aujourd'hui église Saint-Paul). Il y avait foule. Tout le Marais était là. Profitant de l'affluence, il avait pu se procurer deux bourses et une montre anglaise quand, à la sortie de la messe, il se sentit saisi par le bras.

— Je voudrais vous parler sans témoins ! Voulez-vous me suivre ? Nous ferons quelques pas ensemble.

L'homme était grand et fort, bien plus fort que Cartouche. Sous des vêtements de bourgeois aisé, il avait quelque chose qui conseillait de se méfier. Peut-être aussi ce visage couturé au regard froid. Instinctivement, Cartouche mit la main à la poignée de son épée. À vrai dire, il ne savait pas bien s'en servir, mais si l'autre était l'un de ceux qu'il venait de voler, il saurait tout de même se défendre.

Sans lâcher son bras, l'homme le conduisit jusqu'à la rue de la Culture-Sainte-Catherine, que des terrains vagues faisaient assez déserte. Là, il se planta en face de son jeune compagnon et se mit à rire :

— Alors, fit-il, nous sommes confrères ?
— Que voulez-vous dire ?
— Que je m'appelle Galichon, dit Bras-de-Fer, et que je suis comme toi gentilhomme de fortune. Mais je suis moins habile que toi. Combien as-tu de bourses ?
— Trois ! répondit Cartouche, trop étonné pour songer à nier.
— Je te fais mon compliment, je n'en ai qu'une. Mais avant tout, rends-moi ma montre. De telles choses ne se font pas entre amis. Et j'espère bien que nous allons devenir amis.
— Amis ?
— Mais bien sûr, et associés aussi, si tu le veux. J'ai toujours eu l'habitude de travailler à deux. Or, mon camarade est mort dans de tristes circonstances, et je me sens tout désemparé. Je t'ai vu à l'œuvre : tu travailles bien. Tu es même plus habile que moi, mais tu es moins vigoureux. Si tu

veux travailler à deux, nous pourrons peut-être faire de plus grandes choses. Et, d'abord, si tu es d'accord, je t'offre le vivre et le couvert. Où habites-tu ?

— J'ai une petite chambre dans le quartier, mais je ne m'y plais guère. La logeuse me regarde d'un œil trop tendre, et elle est loin d'être jeune.

Galichon se mit à rire.

— À plus forte raison. Viens chez moi !

Les deux hommes se serrèrent la main et, bras dessus bras dessous, se dirigèrent vers l'île de la Cité.

C'était à l'époque un assez mauvais lieu, où le guet ne mettait pas volontiers les pieds. Les ruelles étroites et tortueuses qui la quadrillaient, avec leurs maisons couleur de boue et leurs allées puantes conduisant à des escaliers noirs, avaient pris en quelque sorte le relais de la fameuse cour des Miracles nettoyée au siècle précédent par le lieutenant de police La Reynie. Le jour, c'était assez paisible et le voisinage de la cathédrale n'avait pas trop à souffrir des habitants. Mais la nuit venue, la Cité servait de refuge et de rendez-vous à la plus grande partie des malfaiteurs de Paris. Toute une vermine humaine y grouillait.

Cartouche, travaillant en solitaire, n'avait pas encore osé s'y aventurer. C'était une sorte de forteresse inexpugnable, où l'amateur risquait un coup de couteau aussi facilement que l'argousin. Aussi fut-il agréablement surpris de voir que Galichon le conduisait vers ce lieu d'élection.

Les deux hommes entrèrent dans la rue aux Fèves et se dirigèrent vers le cabaret de la Pomme d'Amour qui, malgré son nom séduisant, n'était guère qu'un affreux coupe-gorge. Galichon présenta au tenancier son jeune confrère, puis le dirigea vers un escalier qui disparaissait dans les étages. Au premier, il ouvrit une porte, découvrant une assez grande pièce dans laquelle se tenaient deux jeunes femmes. La plus âgée fut présentée comme étant Mme Galichon et la plus jeune comme sa sœur.

Celle-ci était jolie. Seize ans, une taille de danseuse, des yeux langoureux, des cheveux de soie. Elle se nommait Marianne et souriait en regardant Cartouche qui, de son côté, la dévorait des yeux. Galichon se mit à rire et, tapant sur l'épaule de son nouvel associé, ricana :

— Je savais bien que Marianne te plairait. Si tu la veux, elle est à toi. Elle est libre. Son homme est parti ramer sur les eaux bleues de la Méditerranée. Tu n'as qu'à l'épouser.

— Moi, je veux bien, si Marianne veut.

Pour toute réponse, la fille se coula contre lui et lui offrit ses lèvres. Le mariage fut conclu sur l'heure, d'autant plus simplement que dans ces sortes d'accords, on ne prenait la peine de déranger notaire ni curé. Et Cartouche, tout naturellement, s'installa dans la famille Galichon. On se mit à travailler entre beaux-frères, main dans la main.

Le jeune vaurien vécut six mois heureux. Il aimait Marianne et elle l'aimait. Bien sûr, le ménage ne s'encombrait pas d'une fidélité superflue. Marianne prêtait volontiers sa beauté à qui savait y mettre le prix. Quant à Cartouche, si quelque belle dame lui lançait une œillade et lui donnait rendez-vous, il s'arrangeait toujours pour en obtenir un avantage substantiel. Mais au cœur de la nuit, les affaires terminées, il retrouvait Marianne dans leur chambre de la rue aux Fèves et le couple étrange oubliait la ville et ses habitants pour ne plus songer qu'à lui-même.

En même temps, sous la direction de Galichon, Cartouche faisait d'étonnants progrès. Il avait perfectionné l'habileté de son beau-frère en matière de vol à la tire, et de son côté, Galichon lui avait enseigné l'art de se grimer et de s'introduire dans les maisons sans éveiller l'attention. À son école, Cartouche, enseigné de beaucoup de choses, se fit des relations dans le monde des voleurs.

Cela aurait pu durer ainsi des années, si Galichon n'avait commis une imprudence. Un soir d'hiver, il s'introduisit dans une maison de la rue de l'Arbre-Sec dont le propriétaire devait être absent. C'était une affaire aisée pour laquelle le bandit opérait seul.

Le malheur voulut que le digne grainetier dont il explorait le domaine revint inopinément chercher un objet qu'il avait oublié. Quand il se trouva nez à nez avec Galichon, cela fit un bruit affreux. Il y eut bataille, attroupement dans la rue, et finalement, le pauvre Galichon, un coup de pistolet dans le bras, fut proprement cueilli par la maréchaussée et conduit au Châtelet.

La nuit suivante, tandis que Cartouche dormait aux côtés de Marianne, la police investit le cabaret avant le lever du jour. Galichon, dûment cuisiné par des gens qui avaient la manière, venait de donner le nom de ses complices, sans se faire trop prier, car ce n'était pas un héros.

Entendant les pas lourds des gendarmes grimper l'escalier, Marianne se colla contre Cartouche et l'embrassa avec emportement.

— Fuis ! Sauve-toi... S'ils te prennent, tu es perdu !

— Je ne partirai pas sans toi...

— Je ne risque pas grand-chose. L'hôpital pour un temps. Mais toi, tu risques la corde. Pour se décharger, Galichon n'hésitera pas à tout te mettre sur le dos. Fuis, te dis-je !

— Par où ?

— Le toit ! Il communique avec celui d'à côté et encore celui d'à côté. Tu peux t'éloigner suffisamment pour descendre sans danger dans une rue.

Saisissant son épée et un pistolet, Cartouche bondit vers la fenêtre et disparut dans la nuit noire. Il était temps. Sous les coups de crosses, la porte s'effondrait.

Il ne devait plus revoir sa famille d'un moment. Galichon fut condamné aux galères pour vingt ans. Quant à Marianne et sa sœur, d'abord conduites à l'hôpital, elles furent plus tard déportées en Amérique. Cartouche, une fois encore, se retrouvait seul.

Dégoûté de la Cité, il alla s'installer dans une petite chambre de la rue Saint-André-des-Arts, et chercha à se faire un autre personnage. Les révélations de Galichon avaient dû mettre la police sur sa trace et il ne s'agissait pas de se faire pincer.

Il passa son visage au brou de noix, se grima de façon à composer une autre tournure et, abandonnant cambriolage et vol à la tire, se fit joueur. Il avait appris, des bohémiens d'abord, de Galichon ensuite, comment on gagne sans trop de difficultés. Mais pour être admis dans les académies intéressantes, il fallait avoir quelque allure. Cartouche dépensa ses derniers écus à s'habiller convenablement et à prendre un laquais. Après quoi, devenu M. Lamarre, il se lança dans l'aventure.

On le vit dans les maisons de jeu les plus réputées, notamment à l'hôtel de Transylvanie, sur le quai Malaquais. Il recherchait plus particulièrement les tables où il y avait des étrangers jugés plus faciles à plumer que ses compatriotes. En même temps, pour avoir la paix, il s'était fait quelque peu indicateur de police. Enfin, il tira un ami des pattes d'un sergent recruteur nommé La Pervenche.

Ce La Pervenche était à la fois paresseux, retors et malhonnête. Il avait découvert sans peine que « M. Lamarre » était infiniment plus sympathique que lui et réussissait admirablement dans le racolage. Comptant sur le nombre, il lui avait proposé de faire part à deux et, à dire vrai l'arrangement se révélait fructueux. Malheureusement, Cartouche ne tarda pas à se lasser de faire tout le travail tandis que l'autre se contentait d'attendre dans un cabaret le résultat des opérations. Il demanda davantage. Ce fut une erreur, comme il ne tarda pas à s'en apercevoir.

Ce soir-là, comme tous les vendredis, La Pervenche attendait Cartouche à la taverne des Quatre-Fils-Aymon, rue de la Juiverie, en buvant force pots de vins de Beaugency. Le jeune homme se faisait attendre et l'autre s'impatientait.

Quand il parut enfin, La Pervenche fronça les sourcils. Cartouche avait pris l'habitude de lui amener cinq hommes tous les vendredis. Il ne lui en amenait que quatre. Il s'en excusa d'ailleurs aussitôt.

— J'en avais cinq, murmura-t-il, tandis que La Pervenche poussait vers les quatre garçons des gobelets pleins, mais le cinquième m'a faussé compagnie au coin de la rue. Il a dû réfléchir.

La Pervenche haussa les épaules avec philosophie.

— Ça n'a pas beaucoup d'importance. Tu feras mieux la prochaine fois. Assieds-toi et bois avec moi.

Il faisait chaud, ce soir-là. Cartouche avait beaucoup parlé pour convaincre ses recrues. Il avait soif. Levant son gobelet, il lança joyeusement :

— À la santé du Roi !

Et vida son gobelet d'un trait. Le vin était bon, bien frais. Il ne vit aucun inconvénient à en boire un second, puis un troisième verre. Les quatre garçons ne se faisaient pas prier pour l'imiter. Alors, La Pervenche déclara que ce vin-là était tout juste une piquette indigne de fidèles serviteurs du roi de France. Avec de grands cris, il intima à l'aubergiste l'ordre de lui en apporter du meilleur.

— Tu vas voir la différence, prédit-il en remplissant à ras bord le verre de son complice. Et toi, aubergiste, apporte-nous du jambon. J'ai faim !

On s'attabla sérieusement. Cartouche, de gobelet en gobelet, but plus que de raison. Tant et si bien qu'il finit par s'endormir sur la table.

Lorsqu'il s'éveilla, il faisait grand jour et La Pervenche le secouait :

— En route !

— En route ? pour où ?

— Mais... pour le régiment, mon garçon. Cette nuit, tu trouvais la vie si belle que tu m'as supplié de t'enrôler. Tiens, voilà ta signature !

Et, sous le nez du garçon, il agitait un papier portant effectivement son nom. Subitement dégrisé, Cartouche se leva, les poings serrés.

— Misérable ! Tu m'as fait boire et...

— Du calme, voyons ! Je ne t'ai pas forcé à boire. Tu as bien bu tout seul. D'ailleurs, ce n'est que justice que tu me suives. Tu m'avais promis cinq hommes et tu ne m'en as amené que quatre. Tu feras le cinquième. En route ! Tu verras, on n'en meurt pas... enfin... pas toujours !

Bon gré, mal gré, il dut suivre La Pervenche et se faire soldat. Il allait ainsi servir le Roi, vaillamment d'ailleurs, jusqu'au traité d'Utrecht. Il allait aussi apprendre de l'armée l'ordre et la discipline, qui plus tard, feraient sa plus grande force.

II

Le roi de Paris

À cette époque, s'étendaient derrière les bâtiments de la Salpêtrière d'immenses terrains vagues menant à une carrière abandonnée. Le jour, on n'y rencontrait guère que des animaux venus paître, mais la nuit, on n'y trouvait pas une âme. L'endroit avait mauvaise réputation, et la proximité de l'hôpital-prison n'arrangeait rien. Les gens respectables ne s'y risquaient guère...

Pourtant, au plus profond d'une nuit de l'hiver 1713, un observateur attentif eût pu remarquer une agitation insolite. Des hommes, isolés ou par groupes, enveloppés de manteaux épais, quelques femmes aussi, la coiffe sur les yeux, se hâtaient à travers le grand terrain vague, et tout ce monde s'engouffrait dans la carrière à l'entrée de laquelle un homme se tenait armé d'une chandelle, qu'il démasquait de temps en temps, faisant office de portier. Les arrivants lui murmuraient quelque chose à l'oreille et l'homme, avec un mouvement de tête affirmatif, faisait signe d'entrer.

À l'intérieur, quelques torches accrochées aux parois crayeuses jetaient une lumière assez vive pour que les arrivants se reconnaissent. On se retrouvait d'ailleurs avec des exclamations de joie, on s'embrassait et peu à peu la carrière s'emplissait.

Ils étaient un peu plus de deux cents, quand un homme enveloppé d'un grand manteau de cheval, coiffé d'un tricorne galonné d'or, se fraya un chemin à travers la foule et, sautant sur une grosse pierre destinée au rôle d'estrade, se débarrassa de son manteau sombre et jeta dans un coin son tricorne, découvrant un visage agréable, aux traits nets, au teint basané sous des cheveux noirs sans poudre et retenus sur la nuque par un ruban noir, des yeux vifs et sombres, des dents étincelantes. L'homme était de taille moyenne, mais solidement bâti et bien proportionné. Il portait un habit de drap cannelle, un jabot de dentelles et de hautes bottes à entonnoir, le tout avec une certaine élégance. Une véritable acclamation salua son apparition.

— Cartouche! Cartouche! Salut, camarade!

— Salut à vous tous! Je vois que vous êtes venus nombreux et que vous n'aviez pas oublié mon rendez-vous! Je vous en remercie.

Malgré son âge, car il n'avait alors guère plus de vingt ans, Louis-Dominique Cartouche savait à présent comment manier les hommes. Pendant près de deux ans, dans les armées du Roi, il avait appris cet art difficile, en même temps que plusieurs choses utiles, telles que l'ordre et la discipline. Il s'était bien battu, et la canne de sergent était venue le récompenser de ses hauts-faits.

Peut-être fût-il demeuré dans l'armée, car le

métier lui plaisait et il pouvait y tracer son chemin, mais après la victoire de Denain, la paix s'installa. Les hommes rentrèrent dans leurs foyers. Cartouche comme les autres, malgré ses protestations, car de foyer, il n'en avait plus guère.

C'est alors qu'à ses camarades, déçus de se découvrir subitement un avenir sans éclat, en compagnie de la charrue ou de l'établi, il avait donné ce rendez-vous.

— Si, dans six mois, jour pour jour, vous pensez qu'il y a mieux à faire pour vous que trimer comme des brutes pour gagner tout juste de quoi ne pas mourir de faim, trouvez-vous, entre onze heures et minuit, dans la carrière de craie qui ouvre sur le terrain vague situé derrière la Salpêtrière. Nous verrons ce que nous pouvons faire ensemble !

Et ils étaient venus, tous ou presque, parce que tout le monde au régiment appréciait Cartouche, qui aimait rire et mener la bonne vie. On lui faisait confiance d'instinct, car sa bravoure ne faisait de doute pour personne et qu'il savait, mieux que quiconque, rendre la vie agréable, et prendre où il était l'argent qui ouvrait la porte à tant de plaisirs.

Pendant de longues minutes, dans un profond silence, Cartouche parla. À tous ces hommes attentifs et avides, il décrivit ce que pourrait faire une bande solidement armée, bien organisée, dans une ville aussi riche que Paris.

— Si vous le voulez, nous pourrons en être les rois, bien plus que l'enfant qui règne à Versailles, et que le Régent. Mais pour cela, il faut que nous soyons sûrs les uns des autres.

— Parle ! cria une voix unanime. Que veux-tu de nous ? Nous te suivrons !...

— Alors, nous allons jurer de nous prêter mutuellement aide et assistance, de ne jamais trahir, même sous la torture, et si l'un d'entre nous vient à être pris, de tout mettre en œuvre pour l'arracher au bourreau. À ce prix seulement, nous serons assez forts pour imposer notre loi.

Le serment fut prêté dans un enthousiasme indescriptible. On s'occupa aussitôt de l'organisation de cette petite armée du vol, du crime et de la rapine. Cartouche s'inspira pour cela de l'organisation même de l'armée. Il nomma des lieutenants, qui devaient seuls être en rapport avec lui et prendre part aux délibérations. Ensuite, ils transmettraient les décisions aux hommes placés sous leurs ordres.

— Pas de grands rassemblements, disait Cartouche. Plus nous serons disséminés, plus nous serons difficiles à situer, et plus nous aurons de puissance. Une bande unique, basée dans un lieu unique, est trop facile à repérer. Nous devons être partout à la fois, dans les maisons comme dans les tavernes, et jusque dans le palais du Roi.

Quand le jour se leva derrière la Salpêtrière, la carrière était vide et ne portait plus trace du grand rassemblement. Mais la « bande à Cartouche » était née...

Peu à peu, la troupe fit tache d'huile, et Cartouche, grâce à ses hommes, réussit à étendre son influence, à pénétrer dans tous les milieux, à se ménager partout des complicités. Il eut des bijoutiers receleurs, qui maquillaient les bijoux volés, des armuriers qui l'approvisionnaient en armes et munitions, des cabaretiers chez qui l'on pouvait se réunir ou entreposer des marchandises, des chirurgiens même, pour soigner les blessés et, bien entendu, des filles, beaucoup de filles, souvent très belles, qu'attiraient son sourire moqueur et sa hardiesse. À mesure que grandissait son renom, car bientôt Paris sut qui était Cartouche, sans pour cela connaître son visage, les femmes rêvèrent de cet aventurier, sans peur sinon sans reproches, qui faisait trembler jusqu'au lieutenant de police.

Elles le servaient en faisant entrer dans les maisons riches, des créatures à lui, comme valets ou femmes de chambre, des complices toujours prêts à ouvrir une porte, à faire le guet ou à fournir une indication utile. Vint un moment où la bande compta plus de deux mille personnes : presque un État dans l'État ! Cartouche était bien roi. Il lui restait à se trouver une reine.

Ce jour-là, Cartouche se promenait dans les environs du Palais-Royal. Vêtu avec beaucoup d'élégance, tricorne emplumé et épée au côté, il flânait aux devantures, et lorgnait les jolies filles qui, de leur côté, ne lui marchandaient pas les sourires.

Tout à coup, il se sentit frôlé par une jupe de soie. Un chaud parfum emplit ses narines, mais en même temps, il comprit qu'une main se glissait dans la poche de son habit, plus que certainement à la recherche de sa bourse. Il ne bougea pas, mais sa propre main alla rejoindre l'indiscrète, et emprisonna tout à coup des doigts minces et doux, qui ne pouvaient appartenir à un homme.

La femme, se sentant prise, poussa un cri. Cartouche se retourna brusquement et se mit à rire.

— Tu n'es pas assez forte, ma belle, à ce jeu-là. En revanche, tu es bien jolie !

Plus que jolie même : belle, éclatante, avec des yeux de feu, une peau dorée de gitane, une sombre crinière brillant comme un écheveau de soie. Déjà, la fille suppliait, tout de suite apeurée.

— Par pitié, Monsieur, laissez-moi aller. Si vous me livrez à la police...

— Qui te parle de cela ? fit-il sans lâcher les doigts qu'il serrait. (Puis, plus doucement :) Comment t'appelles-tu ?

— Marie-Jeanne... mais on m'appelle Jeanneton... Jeanneton-Vénus, ajouta-t-elle avec un orgueil instinctif.

Cartouche siffla entre ses dents.

— Vénus ? Peste ! Mais je ne demande pas mieux que d'en juger.

Il avait lâché la main pour prendre la taille et serrait Jeanneton contre lui, d'un geste si péremptoire qu'elle ne songea même pas à se défendre, déjà conquise.

— Que voulez-vous dire, Monsieur ?

— Que tu dois avoir une chambre quelque part, et que tu peux m'y conduire. À ce prix seulement, tu auras mon pardon.

— Alors, s'écria joyeusement la fille, la punition sera agréable !

Une heure plus tard, Jeanneton était devenue sa maîtresse, et bien décidée à suivre jusqu'au bout du monde l'homme qui venait de s'emparer d'elle si hardiment. Le soir même, Cartouche la présentait à ses lieutenants :

— Elle sera ma femme, dit-il. Nous ne nous quitterons plus.

Cette nuit-là, au cabaret du Pistolet, l'on but et l'on dansa tard dans la nuit à la santé du nouveau couple, Cartouche plus que les autres peut-être, mais il avait appris à boire sans y laisser sa raison. Quand sonna minuit, il vit Jeanneton sortir un couteau de sa ceinture.

— Tu as dit que j'étais ta femme, dit-elle avec une soudaine gravité. Chez les miens, quand un homme prend femme, il mêle son sang au sien, et plus rien ne peut les séparer.

Un éclair brilla dans les yeux du chef de bande.

— Tu es une fille de Bohême, hein ? Cela explique ta peau, tes cheveux ?

— Oui, je suis de Bohême, fit Jeanneton avec orgueil. Veux-tu toujours de moi ? Ou as-tu peur ?

— Peur, moi ? (D'un geste brusque, il l'attira contre lui, l'embrassa avec une soudaine passion.) Quant à ne plus vouloir de toi, il faudrait que je fusse perclus ou à moitié mort. Et encore ! Va pour le mariage à ta mode, Vénus, la bien-nommée.

Mais Jeanneton ne riait pas. Traçant rapidement une entaille sur son poignet, elle en fit sortir quelques gouttes de sang, en fit autant au poignet de Cartouche et plaça les deux minuscules blessures l'une contre l'autre.

— Je t'aime, fit-elle gravement. Ne l'oublie jamais !

— Je n'oublierai pas.

Autour d'eux, la bacchanale reprit de plus belle. Les deux amants burent un dernier verre puis s'enfuirent, enlacés, pour consacrer à l'amour le reste de la nuit.

Bientôt, l'audace de Cartouche ne connut plus de bornes. Il semblait que rien ne lui fût impossible, tant la corruption née de sa bande pénétrait partout et favorisait ses coups de main les plus audacieux.

Il détrousse les plus grands. Charles de Rohan, lord Dermott, l'ambassadeur d'Espagne et celui du Grand Turc seront ses victimes. Il détrousse le prince de Soubise dans l'antichambre même du Roi. Au Palais-Royal, chez le régent Philippe d'Orléans, il vole des chandeliers d'argent. Il fait mieux encore...

Un soir, le Régent assiste à un bal de l'Opéra. Cartouche aussi. Au passage du prince, une bousculade se produit dans la foule. Quand le Régent peut se dégager, il n'a plus d'épée, plus de bourse non plus...

— On m'a volé, fait-il sans s'émouvoir d'ailleurs outre mesure. Mais le voleur en sera pour ses frais.

En effet, quand Cartouche examine son butin, il s'aperçoit que l'épée princière, si elle est faite d'excellent acier de Milan, ne comporte ni or ni argent. La poignée est en acier, elle aussi, et les pierres sont fausses. Il la renvoie aussitôt, accompagnée d'un billet.

« Monseigneur, le plus grand voleur de France n'a-t-il pas honte de vouloir empêcher de vivre l'un de ses confrères malchanceux ?... »

Philippe d'Orléans avait le sens de l'humour. Il rit beaucoup au reçu de cet insolent billet, et s'écria :

— Je donnerais bien 20 000 livres à celui qui m'amènerait Cartouche.

Bien entendu, il se trouva une oreille pour recueillir le propos et le rapporter à Cartouche. Dans le personnel du Palais-Royal, il comptait plus d'un affidé. Aussi la semaine n'était-elle pas terminée qu'un soir, au cours d'un souper à Saint-Germain, le Régent trouva un nouveau billet glissé sous sa serviette.

« Monseigneur, dit le billet, 20 000 livres sont une belle somme, mais Votre Altesse peut en faire l'économie et me rencontrer pour rien. Qu'elle se trouve, à minuit, au lieu-dit Saint-Joseph. Votre Altesse est brave, elle viendra seule... »

L'audace du bandit piqua la curiosité du prince. Pour une fois, il expédia son souper puis, réclamant des vêtements sombres, fit seller un cheval et interdit qu'on le suivît.

— J'ai à faire et je veux être seul !

On crut à une aventure galante, et personne n'osa insister. Un moment plus tard, Philippe d'Orléans galopait dans la forêt vers l'étrange rendez-vous. La nuit était sombre, la forêt silencieuse, mais Cartouche avait raison : le prince était vaillant. L'épée qui battait son flanc lui semblait une garantie suffisante.

Parvenu à la croix de Saint-Joseph, il mit pied à terre, appela :

— Holà, Messire Cartouche ! Montrez-vous donc !

De derrière un arbre, sortit un homme sans armes. Il portait à la main une torche qu'il alluma puis, s'approchant du prince, salua profondément :

— Je savais bien que Votre Altesse était brave. Merci d'être venu, mon prince. Je vous devrai un beau souvenir.

Personne n'a su ni ne saura jamais ce que se sont dit le prince et le bandit sous les grands arbres de Saint-Germain. On sait seulement qu'en remontant à cheval devant Cartouche incliné, le Régent s'écria :

— J'ai été heureux de vous rencontrer, Cartouche... et je regrette seulement que vous n'ayez pas plutôt choisi de me servir ! Nous aurions peut-être fait de grandes choses ensemble...

— Peut-être, Monseigneur. N'empêche que l'on dira sans doute autant de mal de Votre Altesse que de moi.

— C'est possible. Adieu donc. Nous ne nous reverrons plus. Prenez garde à ne pas tomber entre les mains de ma police, car je ne pourrais rien pour vous !

— Je ne m'y attends pas. Adieu, Monseigneur...

De telles anecdotes renforçaient la popularité de Cartouche et plus encore, certaine aventure qui lui advint un soir d'hiver, en passant sur le Pont-Neuf.

Cartouche était de bonne humeur, cette nuit-là. Il avait réussi un gros coup, sur un fermier général, et il allait rejoindre Jeanneton pour une longue nuit d'amour. Emmitouflé dans son manteau qui le faisait se confondre avec l'obscurité, il marchait vite. Pas assez cependant pour ne pas remarquer un homme qui errait sur le pont d'un air égaré.

Brusquement, l'homme fit un crochet, courut vers le parapet et commença à l'escalader. Cartouche bondit, se précipita sur l'homme et le retint de justesse au moment où, la barrière de pierre franchie, il allait se laisser choir dans l'eau.

— Vous n'êtes pas un peu fou? Où allez-vous par là? s'écria le bandit, en ramenant le candidat-noyé sur le bon côté du pont.

— Monsieur, vous êtes bien bon, mais vous perdez votre peine. Je suis déshonoré, il ne me reste d'autre alternative que la mort.

— Déshonoré? Pourquoi donc?

— Je dois vingt-sept mille livres à mes créanciers, Monsieur, et je ne les ai pas. Je vais être déclaré en faillite, jeté en prison. Vous voyez bien qu'il me faut mourir.

— Voyons! N'y a-t-il aucun moyen d'éviter cela?

— D'ici demain soir? C'est impossible, Monsieur, mais je vous suis bien reconnaissant de votre compassion. Adieu, Monsieur.

L'homme s'éloignait déjà, sans doute à la recherche d'un autre pont. Cartouche courut après lui.

— Ah çà, mais vous êtes enragé! Vingt-sept mille livres, c'est une somme, mais ce n'est pas le

Pérou. Écoutez : vous allez rentrer chez vous et vous coucher. Tâchez de dormir tranquille. Demain, vos dettes seront payées.

— Payées ? Mais comment ?

— Je les paierai. Rentrez et convoquez vos créanciers pour demain soir, chez vous, avec leurs quittances. Je viendrai, et vos gens seront payés jusqu'au dernier sol.

Du coup, le pauvre homme éclata en sanglots.

— Il faut, Monsieur, que vous soyez un envoyé du ciel ou, en tout cas, un bien brave homme, mais je ne peux pas accepter une pareille somme.

— Mais si, mais si. J'ai eu des coups heureux au jeu et je n'en ai pas besoin. Acceptez sans scrupules. Et dormez bien.

— Ah, Monsieur, c'est vraiment trop de bonté.

— Du tout. À demain !

Le lendemain soir, tous les créanciers du marchand étaient là, sceptiques pour la plupart, car ils ne croyaient guère à cette intervention quasi divine.

— C'est un fou, ou un mauvais plaisant.

Telle était l'opinion générale et le pauvre homme bien près de la rejoindre, quand on frappa à la porte. Cartouche parut, armé de son plus beau sourire.

— Je suis exact, je crois ? fit-il en faisant du regard le tour de l'assemblée éberluée. Puis, d'un geste superbe, il ouvrit son manteau, en tira un sac rebondi qu'il jeta sur la table.

— ... Payez-vous ! fit-il. Et que chacun ait son compte.

Dans un joyeux brouhaha, on partagea les vingt-sept mille livres puis on déboucha quelques bouteilles pour fêter l'événement. Le digne marchand pleurait de joie, et suppliait son bienfaiteur de lui dire au moins son nom.

— Monsieur, fit le bandit, si vous saviez qui je suis, vous m'auriez de la reconnaissance et vous m'ôteriez par là même le principal mérite et tout le plaisir de mon bienfait.

— Ma reconnaissance ne cessera qu'avec ma vie ! jura le marchand en serrant soigneusement ses quittances dans son secrétaire. Maintenant, acceptez au moins de boire avec nous.

— Bien volontiers.

On but plusieurs bouteilles, et l'atmosphère devint très gaie jusqu'à ce que Cartouche, tirant sa montre, déclara qu'il se faisait tard et qu'il convenait de rentrer chacun chez soi. Les créanciers lui emboîtèrent le pas, et l'on souhaita le bonsoir au marchand ravi.

Au-dehors, la nuit était bien noire et le vent soufflait en rafales, mais le vin de Bourgogne avait donné suffisamment de chaleur aux visiteurs nocturnes pour qu'ils n'y prêtassent guère attention. On riait, on plaisantait, et chacun essayait de lier de plus étroites relations avec le généreux étranger.

Soudain, au coin d'une ruelle, une bande de malandrins se précipita sur le groupe d'hommes. En un clin d'œil, ils furent dépouillés. Non seulement des vingt-sept mille livres, mais encore de tout ce qu'ils avaient sur eux.

— Au secours ! criait Cartouche plus fort que tout le monde. Au voleur !

Mais quand les malandrins se furent évanouis

dans la rue, les créanciers du marchand constatèrent que l'étranger avait disparu avec eux.

Le lendemain, l'histoire fit le tour de Paris. Il n'y eut qu'un cri pour mettre l'aventure au compte de Cartouche, et il faut bien dire que tous les rieurs furent de son côté.

La « bande à Cartouche », tout au moins ses principaux lieutenants, était attablée ce soir-là au cabaret du Petit-Sceau. On préparait un cambriolage en règle dans un bel hôtel du faubourg Saint-Germain, tout en dégustant la cuisine du père Néron, le cabaretier, à la fois un affilié de la troupe et l'un des meilleurs cuisiniers de Paris. Il y avait là Duchâtelet, Pierrot, Torniol, le Ratichon, Martin Lebois et quelques autres. Il y avait aussi la belle Jeanneton, plus éprise que jamais de son Cartouche. Trop éprise même pour prendre garde aux œillades enflammées que lui adressait Duchâtelet. Il faut dire qu'elle y était habituée, car depuis plusieurs semaines, le lieutenant serrait de près la « femme du chef », alléguant que la fidélité n'est guère de mise dans une troupe de brigands. Mais Jeanneton le repoussait invariablement.

— Je ne suis la femme que d'un seul !...

Or, ce soir-là, Jeanneton était inquiète. Dans le cabaret du père Néron, une ravissante fille blonde, fine et gracieuse, avec de grands yeux bleus candides, évoluait autour de la table en servant les dîneurs. Et Cartouche ne la quittait pas des yeux...

Elle s'appelait Marie-Antoinette, et elle était la propre fille du père Néron. Si on ne l'avait pas vue jusque-là, c'est que le cabaretier l'avait fait élever à la campagne, jugeant que son cabaret n'était pas fait pour sa fille. Maintenant, elle avait seize ans, et il espérait bien la marier.

C'était d'ailleurs ce qu'il expliquait en riant à Torniol qui, galamment, lui faisait compliment de la beauté de sa fille.

— Je la donnerai à quelqu'un qui aura du bien et qui pourra lui apporter tout ce qu'elle mérite, affirma-t-il avec orgueil. Elle est assez belle pour ça !

Soudain, Cartouche se leva et, les yeux sur la jeune fille, frappa la table du poing.

— Alors, ce sera moi ! Donne-moi ta fille, Néron, je l'épouse.

— Tu veux rire ! Ma fille se mariera devant le curé, le plus normalement du monde, pas à votre mode, à vous autres hors-la-loi.

Cartouche avait un peu bu. Cela lui permit de ne pas voir le regard soudain brûlant de Jeanneton.

— Je l'épouserai devant le curé. Tu n'auras qu'à en amener un. Quant à la dot, elle aura la plus belle de tout Paris ! Donne-la-moi et je te donne le coffre dans lequel je garde mes parts de prise !

Le visage rubicond de Néron s'empourpra davantage encore. Mais cette fois, ce fut de cupidité. Cartouche était riche. On ne savait pas à combien pouvait se monter sa fortune mais, de toute façon, il y en aurait assez pour combler les rêves les plus dorés du cabaretier.

— Tu es fou, Cartouche ! s'écria Jeanneton, incapable de se contenir plus longtemps. Et puis, tu n'as pas le droit.

— Pas le droit ? Et pourquoi ?

— Parce que tu m'appartiens ! gronda la fille, les dents serrées. Tu as mêlé ton sang au mien.

— Eh bien, nous sommes frère et sœur, voilà tout ! Laisse-moi tranquille, Jeanneton. Jamais personne ne m'a empêché d'avoir une femme quand j'en avais envie. Celle-ci, je la veux et je l'aurai ! Et j'y mettrai le prix. À moins, bien sûr, qu'elle ne veuille pas de moi.

Tous les regards se tournèrent alors vers Marie-Antoinette. Debout au milieu de la pièce, ses petites mains nouées ensemble, toute rose et dorée sous les mèches folles qui s'échappaient de son bonnet de mousseline, elle regardait Cartouche avec des yeux brillants comme des étoiles. Il y eut un silence.

— Eh bien, fillette ? fit doucement le père Néron. Qu'est-ce que tu en dis ? Tu ne veux peut-être pas appartenir à un homme dont le bourreau aura la tête un jour...

— Oh si, fit la petite. Je le veux !

Lentement, Cartouche quitta la table, marcha jusqu'à la jeune fille, et prit entre ses doigts les deux mains nouées.

— C'est vrai, tu veux bien de moi ? Tu pourrais m'aimer ?

— Je t'ai toujours aimé. Depuis que je sais ce que cela veut dire, j'ai rêvé de toi. Je serai ta femme, même si mon père ne veut pas.

— Et pourquoi donc est-ce que je ne voudrais pas ! s'écria le père Néron. On célébrera la noce la semaine prochaine et vous aurez le plus magnifique festin que vous ayez jamais eu. D'autant plus que c'est mon gendre qui paiera.

En signe d'accord, Cartouche tira de son petit doigt une bague ornée d'un beau diamant et la passa à l'annulaire de sa fiancée.

— Elle est un peu grande, fit-il en riant, mais je t'en donnerai tant d'autres...

Pâle jusqu'aux lèvres, Jeanneton, que tout le monde oubliait, avait reculé jusqu'au fond de la pièce. La jalousie et la colère se disputaient son cœur ardent. Dans l'ombre de la cheminée, elle tira soudain de son corsage un couteau, mince et acéré, et se ramassa sur elle-même, prête à bondir sur l'homme qui l'abandonnait avec tant de désinvolture.

Soudain, une main rude se posa sur son bras, arrêtant son élan.

— Non ! Tu ne réussirais qu'à te faire écharper par les autres. Ce n'est pas ainsi qu'il faut faire.

Elle leva sur l'homme un regard égaré et reconnut Duchâtelet.

— Que veux-tu dire ?
— Que la vengeance est bien meilleure quand on ne se salit pas les mains, et qu'il y a même des cas où elle peut rapporter. Il suffit de savoir attendre. Moi, j'ai toujours su attendre... Fais comme moi, je t'aiderai. Tu sais bien que moi, je t'aime.

— C'est vrai..., murmura Jeanneton d'une voix sans timbre, tu m'aimes, toi...

III

La place de Grève

Depuis quelque temps, Cartouche changeait de gîte toutes les nuits parce que, depuis quelque temps aussi, il essuyait d'inexplicables échecs. Le nombre imposant de complices que possédait sa bande lui assurait bien une incontestable facilité, mais augmentait les dangers de trahison. On était au mois de mai 1721. Quinze jours plus tôt, pris dans une souricière tandis qu'avec six de ses hommes il opérait dans l'hôtel du financier Pâris-Duverney, Cartouche n'avait dû son salut qu'à son exceptionnelle agilité, qui lui avait permis, une fois de plus, de fuir par les toits. Mais deux de ses hommes, Jean Petit et La Franchise étaient restés aux mains des gens de police. Et Cartouche n'était pas tranquille.

Marie-Antoinette, sa femme depuis trois mois qu'il contraignait à vivre toujours chez son père pour des raisons de sécurité, connaissait des jours affreux. Elle tremblait d'entendre un jour l'énorme rumeur qui lui apprendrait la capture de Cartouche et chaque fois qu'elle retrouvait son époux, elle l'implorait de la laisser partager son sort en tout et pour tout.

— Les jours d'attente, les nuits sans toi sont autant de supplices, Louis, disait-elle. Je peux te suivre, changer avec toi de domicile chaque nuit, je peux.

— Ne dis pas de sottises, mon cœur ! Tu n'es pas faite pour cette vie terrible. Reste ici, où je te sais tranquille, cela me donne au moins la paix du cœur, et un lieu de bonheur bien à moi !

— Devrons-nous vivre toujours ainsi ? Je voudrais être comme les autres femmes, vivre avec toi, avoir des enfants.

— Cela viendra... bientôt. Je te demande encore six mois, six petits mois, puis nous partirons.

— Où cela ?

— Loin... très loin. Aux îles d'Amérique. On dit que c'est le paradis. Nous y aurons un grand domaine, des esclaves, tu seras servie comme une princesse. Mais pour cela, il faut beaucoup d'argent.

— Six mois ? pas plus ? Tu promets ?

— Je promets ! Sois patiente...

À dire vrai, la patience lui était plus difficile qu'à la jeune femme, car il avait perdu cette belle confiance en soi qui faisait sa force. Certains de ses hommes ne lui paraissaient plus très sûrs. Avaient-ils peur ou étaient-ils achetés ? Il n'aurait su le dire et n'avait pas de preuves. Pour cela aussi, pour punir à coup sûr, il lui fallait attendre. L'attente fut moins longue qu'il n'imaginait...

Le soir tombait. Dans l'étroite rue des Fossés-de-Nesle, qui était profonde comme un puits, la nuit était presque complète. Cartouche, mains au dos et nez au vent, cheminait lentement. Il pensait passer la nuit au cabaret du Petit-Maure et s'arrêta devant la porte. Mais comme il allait en franchir le seuil, il lui sembla qu'à quelques pas derrière lui, s'arrêtait brusquement une ombre.

Il reprit sa route, comme s'il avait changé d'avis, mais un peu plus loin, s'arrêta et se retourna. Cette fois, plus de doute : une dizaine d'hommes s'étaient hâtivement répartis dans deux portes cochères qui se faisaient vis-à-vis. Alors, saisi d'une panique soudaine, Cartouche prit la fuite.

Courant de toutes ses forces, il tourna le coin de la rue Bourbon-le-Château puis se jeta dans la petite rue Cardinale, cherchant un trou où se cacher. C'est alors qu'il vit une haute fenêtre ouverte au premier étage. Un tuyau permettait d'y accéder sans difficulté. Souple comme un chat, Cartouche l'escalada, enjamba le balcon et se trouva dans une chambre élégante. Un cri d'effroi salua son entrée tumultueuse.

Assise devant sa coiffeuse, ses longs cheveux dénoués sur les épaules, une dame d'âge mûr mais de haute mine essayait des bijoux devant sa glace. Elle se leva si brusquement que le coffret qu'elle tenait roula sur le tapis.

— Pour l'amour du ciel, Madame, ne criez plus, pria Cartouche. Je jure que je ne vous veux aucun mal.

Et pour prouver sa bonne foi, il ramassa les

bijoux, les remit dans le coffret et reposa le tout sur la coiffeuse, sous l'œil surpris de la dame.

— Ah çà, mais qui êtes-vous ?

Le salut du bandit aurait fait honneur au Régent lui-même.

— Je suis Cartouche, Madame. Des archers me poursuivent. S'ils me prennent, autant dire que je suis mort. Mais, ajouta-t-il en tirant de sa poche une paire de pistolets anglais, j'aime autant vous prévenir, Madame, que je ne mourrai pas seul ! Nous partirons ensemble...

Pour toute réponse, la dame se mit à rire.

— Rangez donc cette artillerie dont vous n'avez que faire, jeune homme. Je suis la maréchale de Boufflers, et l'on ne m'impressionne pas avec de tels engins. Vous dites que l'on vous poursuit ? Je veux bien le croire, mais que puis-je pour vous ?

— Gardez-moi ici, Madame, seulement cette nuit. Je ne sais où aller. Cette nuit passée, je vous jure que je disparaîtrai et que vous n'entendrez plus parler de moi.

— Ne plus entendre parler de vous ? s'écria la maréchale en riant de plus belle. Mais mon pauvre ami, on ne parle que de vous à Paris ! Votre promesse revient à me souhaiter de devenir sourde, ce qu'à Dieu ne plaise !

Cependant, sous la fenêtre, s'élevait un vacarme. Les archers fouillaient apparemment la rue, et Cartouche se sentit pâlir. Notant la crispation de sa main sur le pistolet, la maréchale haussa les épaules :

— Allons, cessez de vous tourmenter. Je vais arranger cela.

Sortant sur le balcon, elle interpella rudement les hommes de la maréchaussée.

— Qu'est-ce que ce tapage? Où vous croyez-vous donc pour mener un tel train sous ma fenêtre? Vous ne savez donc pas qui je suis?

— Faites excuses, Madame la maréchale, répondit l'un des hommes, qui connaissait son monde. Mais nous cherchons Cartouche.

— Cet affreux bandit? Vous ne supposez tout de même pas que c'est moi qui l'ai? Cherchez plus loin, sergent, et laissez les braves gens dormir en paix.

La maréchale referma sa fenêtre avec décision, puis se tourna vers son visiteur :

— Et maintenant, que vais-je faire de vous? Il faut que je vous cache. Si mes serviteurs...

— Appelez Justine, Madame la maréchale, et par pitié, faites-moi apporter quelque chose à manger, je meurs de faim.

— Justine? Vous connaissez ma femme de chambre?

Pour toute réponse, Cartouche se mit à rire. Justine faisait partie de sa bande depuis le début. C'était une brave fille, fidèle et sûre. La maréchale, subjuguée, la fit venir et put se convaincre, que le bandit et la camériste étaient de vieux amis.

— Eh bien, fit-elle avec un soupir résigné, demandez à Justine ce que vous voulez et, s'il vous plaît, commandez pour deux. Les émotions creusent, et moi aussi, j'ai faim!

Un quart d'heure plus tard, une petite table était

disposée dans la chambre et les deux étranges convives s'installaient autour d'un pâté et d'une bouteille de champagne. Cartouche dévora, mais sans cesser de bavarder agréablement avec son hôtesse. Il loua le pâté, critiqua le champagne.

— J'en possède de meilleur. Il n'est pas digne de vous.

Le repas terminé, Justine dressa pour Cartouche un lit dans le cabinet attenant à la chambre de la maréchale, et les deux nouveaux amis se séparèrent.

Le jour venu, Cartouche prit congé de son hôtesse d'un soir.

— Je ne vous oublierai jamais, Madame la maréchale, promit le bandit.

— Mais si, vous m'oublierez. Pour moi, par exemple, ce sera peut-être plus difficile ! J'en sais qui me jalouseraient férocement si elles pouvaient savoir que j'ai passé une nuit avec Cartouche.

Le surlendemain, la maréchale de Boufflers recevait cent bouteilles de champagne provenant en droite ligne de la cave du financier Pâris-Duverney. Il était, effectivement, bien meilleur que le sien.

Pourtant, malgré le sang-froid et l'élégance dont Cartouche avait fait preuve dans cette aventure, il comprenait bien qu'il allait d'échecs en échecs, et peu à peu, il perdit cet empire sur lui-même qui était sa meilleure défense. Des échecs, il allait insensiblement passer aux fautes et celles-ci devaient être mortelles.

L'aubergiste de l'Épée-de-Bois lui ayant fait savoir qu'il souhaitait quitter la bande, comme d'ailleurs les statuts généralement acceptés lui en donnaient parfaitement le droit, Cartouche, furieux, décida de faire un terrible exemple. Le 4 août 1721, sa maison est assaillie dans la nuit, pillée et brûlée. L'aubergiste, heureusement, est parvenu à fuir. Il alerte la police, et dans l'aventure, Cartouche perd quinze hommes : sept tués et huit prisonniers. Parmi ceux-ci, son oncle Tanton, depuis longtemps venu rejoindre la troupe, alléché qu'il était par le bruit des fastueuses rapines de son neveu.

Or, il n'y a pas que l'oncle dans la bande, il y a aussi son fils, le cousin de Cartouche. Pierrot est un gentil garçon, pas très malin, et il adore son père. Le savoir aux mains des archers le rend fou. Il imagine trop ce qui pourrait lui arriver. Dès lors, Cartouche prend peur. Pour délivrer Tanton, est-ce que Pierrot n'irait pas jusqu'à le livrer, lui, Cartouche ? Aussi, une nuit, entraîne-t-il le cousin dans un coin désert du quartier Montparnasse, alors en pleine campagne et là, tirant son fameux pistolet anglais :

— Désolé, mon vieux, je ne peux pas faire autrement.

Et sans hésiter, il lui brûle la cervelle, puis l'enterre sous un tas de fumier.

Malgré ses craintes, Cartouche ne veut pas admettre que son étoile pâlit. Il a trop d'orgueil pour cela. Il était le chef incontesté, obéi au premier signe. Il veut le rester. Au moindre mot, au plus léger soupçon, il tue, ou simplement menace tant et si bien que la peur qui le tient s'empare bientôt de ceux de la bande, même les plus fidèles comme son ami Beaulieu, qui tente en vain de lui faire entendre raison.

— La trahison n'est qu'en toi-même, Louis. Mais un jour, tu finiras par la susciter réellement. Tes gens te craignent trop.

— Ils ne me craindront jamais assez! Un vrai chef doit être obéi sans discussion.

Une seule, peut-être, parviendrait à faire entendre raison à Cartouche. Mais de ce côté, les ordres sont formels : Marie-Antoinette doit rester en dehors des agissements de la troupe. Quiconque irait troubler sa quiétude aurait affaire à Cartouche. Elle ignore d'ailleurs la plus grande partie des crimes de son époux. Pour elle, il vole, certes, mais un peu à la manière de Robin des Bois : il prend aux riches ce qu'ils ont de trop et en redonne une partie aux pauvres.

Cela, Cartouche le sait et il tient, davantage qu'à sa sécurité peut-être, au naïf amour de sa jeune femme. Pour elle, il est le bon Dieu lui-même et entend le rester. Malheur à qui abîmerait la belle image que porte en son cœur Marie-Antoinette.

Bien sûr, il a complètement oublié Jeanneton-Vénus et l'ardent amour, charnel plus que spirituel, qui les a unis si longtemps. Elle fait toujours partie de sa bande et accomplit sa tâche aussi bien qu'autrefois. Elle a toujours pour lui un sourire, une plaisanterie. Elle se laisse même voler un baiser quand, par hasard, l'envie en prend à Cartouche, comme il aurait envie d'une pomme ou d'un verre de vin. Mais dans le fond de son cœur,

Jeanneton-Vénus attend son heure : Duchâtelet, devenu son amant, lui a promis que celle-ci ne tarderait plus beaucoup.

— Cartouche a perdu confiance en lui. Il a peur maintenant, dit-il, et bientôt, il nous plantera là pour aller chercher fortune ailleurs avec sa blonde. Il faut le prendre, et le plus tôt sera le mieux.

C'est ainsi qu'un soir, Jeanneton se retrouva au Châtelet devant l'aide-major Pacôme, en compagnie de Duchâtelet.

— Chaque soir, dit-elle, Cartouche change de gîte. Il faudrait pouvoir surveiller toutes ses « planques ».

— Il faudrait surtout, riposte Pacôme, que tu puisses nous indiquer à temps un lieu de retraite où il passe la nuit.

— Il va souvent, intervient Duchâtelet, au cabaret du Pistolet, à Ménilmontant. Mais dame, pas tous les soirs.

— Il ira demain, promet soudain Jeanneton. Il ne se méfie pas de moi ; si je lui donne rendez-vous, il viendra. À vous, alors, de faire votre travail.

L'aide-major a eu un gros rire satisfait.

— Si tu fais bien le tien, la fille, le nôtre sera parfait. Et tu as eu raison de venir. Sinon, ce coquin-là — et il désigne Duchâtelet — aurait bien pu faire la connaissance du bourreau avant longtemps. On l'avait à l'œil...

Jeanneton n'a rien dit, mais elle a compris. Ainsi n'est-ce pas pour l'aider à se venger que Duchâtelet l'a poussée à trahir Cartouche, mais pour sauver sa propre peau ? Soit ! Cartouche périra. D'ailleurs, elle ne peut plus endurer de le savoir en vie et à une autre. Lorsqu'elle l'évoque dans les bras de Marie-Antoinette, Jeanneton se sent devenir folle. Mais Duchâtelet ne l'emportera pas en paradis.

Tout a marché comme l'espérait Pacôme. Sans méfiance, Cartouche est venu au Pistolet. Installé dans sa chambre habituelle, il attend Jeanneton en compagnie de trois de ses hommes, avec lesquels il joue aux cartes en buvant du bourgogne. Il ignore que d'importantes forces de police sont massées aux abords du cabaret. Vers dix heures, arrive Duchâtelet, accompagné de Pacôme.

— Je monte avec des amis, dit Duchâtelet à l'aubergiste terrifié. Y a-t-il des demoiselles ?

Cette phrase, c'est le signal convenu avec Jeanneton.

— Oui... oui, il y en a, bredouille l'aubergiste. Dans la chambre habituelle.

Dès lors, tout va très vite. La porte est enfoncée et, avant que personne ait le temps de faire un geste, Cartouche et ses trois compagnons sont ligotés, entraînés hors de la pièce. Au-dehors, en passant devant Duchâtelet, il comprend et lui crache au visage. Mais il est pris et bien pris : on le conduit au Grand Châtelet.

Chose extraordinaire, il y reçoit, par ordre du Régent, un régime spécial. Il mange convenablement et son cachot est propre. L'instruction de son procès commence dès le lendemain, avec des formes de courtoisie qui montrent en quelle considération on le tient.

Au magistrat qui lui fait observer combien il est

regrettable qu'une personnalité comme la sienne ait choisi la mauvaise route et mette le gouvernement dans la triste nécessité de le punir, Cartouche répond :

— Monsieur le juge, je n'oublierai jamais votre amabilité. Aussi suis-je heureux de vous offrir ce petit souvenir de moi...

Et il lui tend sa propre montre qu'il a réussi à dérober, tandis que le tribunal ne peut s'empêcher de rire. Ce Cartouche est incorrigible ! Mais il est tellement amusant.

D'ailleurs, depuis qu'il est pris, Cartouche est redevenu lui-même. La peur s'est envolée. Il fait face à son destin avec d'autant plus de calme qu'il est sûr d'être délivré. Sa troupe est encore très nombreuse, plus forte qu'on ne l'imagine, et il y a le serment prêté le premier soir, dans la carrière du terrain vague : ses hommes feront l'impossible pour l'arracher à l'échafaud. Et dans ses rêves, Cartouche voit déjà la scène qui, pour lui, sera un vrai triomphe : sur la place de Grève, tous ses hommes seront là, bien armés ! D'un irrésistible élan, ils l'arracheront à ses gardes et il s'échappera, sous les bravos de la foule peut-être...

D'ailleurs, comment douterait-il de sa popularité ? Dans le cachot où il vit avec ses trois camarades, les visites se succèdent. Le nombre de gens qui veulent voir le célèbre Cartouche est inimaginable ! On lui apporte des victuailles, du vin, on mange des gâteaux, on plaisante.

Un jour, il voit même sa porte s'ouvrir devant quelqu'un dont la venue le bouleverse. C'est la maréchale de Boufflers... Elle tient une bouteille de champagne à la main.

— J'ai pensé, dit-elle, que vous en manqueriez peut-être dans ce lieu-ci, et je vous en ai apporté. Vous aviez raison, ajoute-t-elle en s'efforçant de sourire, il est meilleur que le mien.

Mais elle a les larmes aux yeux et Cartouche, ému, ne trouve rien à dire. C'est sans un mot qu'il baise les doigts tremblants de l'excellente femme qui, sur un geste d'adieu, sort précipitamment pour cacher son émotion. Quand elle est partie, Cartouche s'aperçoit qu'elle lui a laissé de l'or.

Il est bien évident que dans ces conditions, le système de défense de Cartouche, qui jurait s'appeler Jean Bourguignon et n'avoir jamais approché Cartouche, ne tenait guère. Mais il s'obstinait, affirmant de surcroît qu'il ne savait ni lire ni écrire.

Pour l'obliger à avouer, on le confronta avec sa mère. Mais tandis que la pauvre femme éclatait en sanglots désespérés, Cartouche garda un visage de marbre et se laissa embrasser sans manifester la moindre émotion. Mais il était à bout... Il décida de fuir.

On l'avait, par mesure de sécurité, séparé de ses hommes et donné comme compagnon de cellule un jeune homme arrêté pour vol. Or, Cartouche avait remarqué que dans un coin de sa cellule, cela sonnait le creux.

— Nous devons être au-dessus d'un égout. Si tu veux, camarade, on jouera « la belle » tous les deux. Une fois hors d'ici, je saurai bien te mettre à l'abri et tu auras tout l'or que tu voudras.

Le garçon ne demandait pas mieux. Les deux hommes se mirent tout de suite au travail pour desceller une dalle et creuser un trou, en s'aidant des chaînes de Cartouche. Assez vite, ils en vinrent à bout. Un trou fut percé, assez grand pour les laisser passer. Cartouche et son nouveau camarade se retrouvèrent dans une sorte de fosse d'aisance.

L'endroit n'avait rien d'agréable, mais le mur qui le fermait était rongé de salpêtre. On le creva sans difficulté et les fugitifs se retrouvèrent dans la cave d'un fruitier.

— Nous sommes sauvés, souffla Cartouche. Nous n'aurons aucune peine à gagner la rue.

— On nous retrouvera... rien qu'à l'odeur ! grimaça le jeune homme.

La chance, décidément, n'était pas pour eux. Comme ils ouvraient doucement la porte de bois qui fermait la cave, les aboiements d'un chien réveillèrent toute la maison. Cette fois, un affreux roquet avait été l'instrument du destin.

Le fruitier accourut, en chemise, brandissant une espingole, tandis que sa femme, à la fenêtre, hurlait : « Au secours ! »

Cartouche et son camarade, repris, furent séparés. D'ailleurs, le Châtelet ne parut plus sûr aux magistrats et c'est à la Conciergerie, dans la tour Montgomery, que le brigand fut transféré et chargé de chaînes. Quatre hommes veillaient jour et nuit à sa porte. En même temps, le procès s'activait et, le 26 novembre 1721, Cartouche était condamné à être roué vif en place de Grève, après avoir subi la question ordinaire et extraordinaire.

Il accueillit la sentence sans broncher. La roue l'attendrait sûrement longtemps : il était bien sûr que ses hommes ne le laisseraient pas s'y étendre et l'enlèveraient dès que le tombereau fatal atteindrait le lieu d'exécution.

C'est en pensant à cela qu'au matin du 27 novembre, jour de son exécution, il subit la torture des brodequins avec un courage qui souleva l'admiration du juge chargé de l'interroger. Il supporta les huit coins qui lui broyèrent les jambes sans cesser de répéter qu'il était innocent et ne savait pas ce qu'on lui voulait. À demi mort, il rêvait de liberté.

La place de Grève était noire de monde. Il y en avait jusque sur les toits, et toutes les fenêtres avaient été louées à prix d'or. Il y avait la ville et la cour. On chuchotait même que, caché derrière une fenêtre, le Régent regardait. Quand le tombereau amenant le condamné apparut, il y eut un long murmure.

Debout contre les ridelles auxquelles on l'avait lié, Cartouche, blême mais impassible, contemplait cette foule. Sans les liens qui le soutenaient, il n'eût pu se tenir debout sur ses jambes brisées, mais il faisait tout de même bonne contenance. La liberté n'était plus loin. Elle l'attendait... là dans cette foule et, avidement, il scrutait chaque visage, cherchant à reconnaître les visages amis, le signe d'intelligence qui lui donnerait courage. Depuis la prison, il avait enduré mille morts. L'amende honorable avait été un supplice, et maintenant, il souhaitait que tout allât vite, très vite, pour qu'il pût enfin se reposer, se soigner, revivre après cette agonie.

Parvenu au pied de l'échafaud dressé devant

l'Hôtel de Ville, le tombereau s'arrêta. On descendit le condamné. D'un regard, il considéra la roue.

— Voilà, murmura-t-il, un vilain aspect.

Puis son regard inquiet revint à la foule, cherchant éperdument le secours attendu. Mais la mer humaine restait immobile et silencieuse. Aucun mouvement ne l'agitait, rien qui révélât la présence de ses gens. Déjà, le bourreau essayait de lui faire monter les degrés de l'échafaud, et personne ne bougeait.

Alors, Cartouche comprit qu'ils l'avaient abandonné, que personne ne viendrait à son secours, que le serment de la carrière ne servait à rien. Il allait mourir, mourir dans quelques instants, et de quelle mort affreuse...

La rage s'empara de lui. Se tournant vers l'officier qui présidait à l'exécution, il jeta :

— Ramenez-moi devant les juges ! Je vais parler...

On le porta à l'Hôtel de Ville, on alluma des torches car la nuit venait déjà. La foule s'installa pour attendre, tandis que les gardes conduisaient Cartouche dans la grande salle.

— Vous avez demandé à parler ? fit le conseiller Arnaud de Bouex qui avait dirigé le procès. Avouez-vous enfin que vous êtes Cartouche !

— Je suis Cartouche, en effet ! Et je vais vous indiquer mes complices.

Pendant des heures, avec une joie sauvage, il parla : donnant des noms et encore des noms, des adresses. À mesure qu'il dénonçait, les hommes d'armes partaient puis revenaient, ramenant des hommes, des femmes apeurés qui, dans la lumière des chandelles, clignaient des yeux, comme des hiboux tirés de leur trou. À la troupe, qui peu à peu se reconstituait en face de lui, Cartouche lança, méprisant :

— Vous m'avez abandonné. Mais je suis toujours votre capitaine et je vous commanderai encore, jusque dans la mort.

Deux seulement échappèrent aux recherches ; Duchâtelet, que l'on trouva dans sa chambre, poignardé dans le dos, et Jeanne-Vénus, introuvable.

Quand il eut fini, Cartouche demanda à embrasser sa femme, en spécifiant bien qu'elle n'avait jamais rien su de ses crimes. Marie-Antoinette vint, aussi blanche que son bonnet. Les deux époux s'embrassèrent avec une tendresse désespérée, sans pouvoir dire un seul mot, puis, repoussant la jeune femme en larmes, Cartouche se tourna vers le chef des archers :

— Je suis à vous maintenant. Faites vite !

On le ramena sur l'échafaud. La place était transformée en un vaste campement. Les gens mangeaient, buvaient ou dormaient. Avec un terrible courage, Cartouche se coucha sur la croix où le bourreau lui romprait les os avant de l'installer sur la roue.

— Je n'ai plus rien à dire, fit-il.

Et il subit l'affreux supplice sans proférer même une plainte. On le porta sur la roue où, au bout d'une demi-heure, le bourreau l'étrangla. Cette fois, Cartouche était bien mort.

Mais quand le bourreau démonta son échafaud, il trouva dessous le cadavre d'une belle fille brune gisant dans son sang, un poignard enfoncé dans la poitrine. C'était Jeanneton-Vénus, qui avait voulu suivre dans la mort le seul homme qu'elle eût jamais aimé...

LE MAGE

Cagliostro

I

Lorenza

Le jour tombait graduellement, accusant les ombres de l'église, éteignant les couleurs des vitraux. Pourtant, Lorenza ne pouvait se décider à quitter San Salvatore. Il y avait peut-être des heures qu'elle était agenouillée sur les dalles froides, au pied du maître-autel, osant à peine bouger, encore moins tourner la tête, pour ne pas rencontrer le regard qui lui faisait si peur.

Depuis qu'elle était entrée dans l'église, elle avait senti ce regard, posé sur sa tête couverte d'un voile noir, sur ses épaules, d'instant en instant plus pesant, plus impérieux, et elle savait bien que si elle se détournait, si elle le croisait, ce regard, elle lui serait soumise comme elle avait failli l'être une fois déjà.

Il y avait quinze jours à peu près qu'en arrivant à San Salvatore pour le salut, la jeune fille avait rencontré sous le porche un homme de vingt-cinq ou vingt-six ans, tout vêtu de noir, qui s'était arrêté en la voyant. Il l'avait saluée, mais sans lui adresser la parole, se contentant de la regarder. Mais depuis, les yeux de cet homme la hantaient.

Des yeux comme elle n'en avait jamais vu : noirs, extraordinairement brillants, ils avaient une profondeur presque surnaturelle. En les rencontrant, Lorenza s'était sentie tout à coup glacée jusqu'à l'âme, puis brûlante de fièvre, à tel point qu'elle n'avait même pas remarqué le visage de l'homme en noir. Elle s'était signée craintivement, comme en présence du Diable, puis, entrée vivement dans l'église, y avait prié plus ardemment que de coutume.

Le lendemain, l'homme était encore là. Toujours muet, il s'était contenté de la saluer, mais chaque jour, en arrivant à San Salvatore, Lorenza l'avait retrouvé dans l'église, toujours immobile et silencieux. Sa crainte devenait terreur. Cependant bien que, chaque soir, elle se fît le serment solennel de ne plus retourner à San Salvatore, quand approchait l'heure du salut, elle prenait sa mante, son voile, son livre d'heures et, poussée par une force contre laquelle il lui était impossible de lutter, reprenait malgré elle le chemin de l'église.

Aujourd'hui, cela avait été pis encore. Au lieu de rester sous le porche et de s'en aller, l'inconnu l'avait suivie. Bien qu'elle ne l'eût pas vu entrer, elle sentait qu'il était là. Et maintenant, elle s'affolait. Le temps passait. Dans un instant, l'on viendrait fermer l'église. Il faudrait sortir, se retrouver sur la place déserte, en face de l'inconnu. À cette seule idée, Lorenza, en bonne Romaine superstitieuse, se sentait défaillir.

Soudain, elle vit une petite porte s'ouvrir dans le mur. La silhouette courbée du bedeau apparut. Il venait éteindre les chandelles, fermer l'église.

Lorenza alors se souvint que cette petite porte donnait sur l'ancien cloître, et que de ce cloître, il était possible de gagner la petite place sur laquelle ouvrait le palais Lancellotti.

L'obscurité se faisait d'instant en instant plus épaisse. On ne voyait plus guère que la lampe rouge du chœur. Sûre de se confondre avec l'ombre des colonnes, la jeune fille quitta sa place sans faire le moindre bruit et, légère comme une fumée, se glissa dans le cloître. Un peu de jour s'y attardait encore, découpant vaguement les arches Renaissance sur le désordre du jardin. Ramassant ses jupes à deux mains, Lorenza allait prendre sa course vers la sortie quand une voix la cloua sur place :

— Lorenza Feliciani, dit la voix.

Frappée d'épouvante, le cœur fou, elle ne bougea plus, et la voix reprit avec une grande douceur :

— ... Lorenza Feliciani, pourquoi avez-vous peur de moi ? Allons, retournez-vous. Osez me regarder en face !

Comme elle demeurait immobile, la voix se fit impérieuse.

— ... Regardez-moi ! Je le veux !

Alors, elle se retourna, et brusquement, toute crainte l'abandonna. Oubliant un instant le regard qui l'effrayait tant, elle vit que l'inconnu était beau. Il avait la peau brune, des cheveux noirs, simplement noués sur la nuque et tirés en arrière, découvrant un large front. Il faisait encore assez clair pour qu'elle vît étinceler de belles dents blanches quand il lui sourit.

Il s'approcha jusqu'à la toucher, prit sa main sans qu'elle l'en empêchât.

— Il ne faut pas avoir peur de moi. Je ne vous veux aucun mal, au contraire !

— Que voulez-vous alors ?

— Vous regarder, vous êtes si belle ! Et aussi, faire de vous ma femme, si vous le voulez bien !

Lorenza retira brusquement sa main, comme si elle prenait soudain conscience du contact de l'inconnu, et détourna la tête.

— Non ! Non, c'est impossible ! Je suis promise à Dieu. Je vais entrer au couvent !

— Je sais. Mais vous n'entrerez pas au couvent. Ce serait trop dommage. Vous m'épouserez, Lorenza.

— Jamais ! Je ne sais même pas qui vous êtes.

— À Rome, on m'appelle Joseph Balsamo, je suis au service du cardinal Orsini... !

Tout en parlant, Balsamo étendait la main et, prenant entre ses doigts le menton de la jeune fille, l'obligeait doucement à détourner la tête, à lever les yeux vers lui. À nouveau, Lorenza fut prisonnière de l'étrange regard. Elle sentit sa volonté s'amollir, tandis que la prenait une soudaine envie de dormir. Du fond d'un rêve, elle entendit :

— Vous m'épouserez, n'est-ce pas ?

— Oui... je vous épouserai.

Lorenza Feliciani n'était pas de noble famille. C'était la fille d'un simple fondeur d'or, effectivement promise au cloître, seul moyen pour une fille sans dot d'atteindre à un état respectable. D'ailleurs, facilement tournée vers le merveilleux, dotée d'une étroite piété à tournure superstitieuse, Lorenza était habituée, dès l'enfance, à considérer la Terre comme un lieu de perdition et Rome comme une antichambre de l'Enfer dans tout ce qui n'était pas l'Église, l'entourage papal et le Saint-Office. Elle pensait que le seul abri pour une âme pure, contre les turpitudes du monde, c'étaient les murs solides et aveugles d'un couvent.

Pourtant, si puissant était l'étrange ascendant pris sur elle par Balsamo, qu'elle accepta aveuglément de l'épouser, sans même en avertir ses parents.

— Nous quitterons Rome sitôt la cérémonie célébrée, lui dit son étrange fiancé. Le cardinal Orsini m'a chargé d'une mission. Nous irons à Venise.

Lorenza accepta sans hésitation. Comment, en effet, annoncer aux siens qu'au lieu d'entrer chez les dominicaines de San Sisto, elle allait épouser un homme seulement rencontré à la porte d'une église et dont elle ne savait à peu près rien ? Bien sûr, il lui avait dit être né à Palerme et avoir passé toute sa jeunesse dans un couvent où il avait appris la médecine et la chimie. Mais sur ses parents, il demeurait d'une totale discrétion.

— Ma mère était une femme belle et malheureuse ; quant à mon père, il est dans une position si haute qu'il ne peut sans déchoir m'avouer pour son fils. Je n'ai d'autre foyer que les grandes routes, Lorenza... Il vous faudra me suivre là où je vous mènerai.

Elle ne réussit pas à en tirer autre chose, mais il lui en imposait tellement qu'elle n'avait même pas l'idée de chercher plus loin.

— Je vous suivrai... fut sa seule réponse.

En effet, peu à peu et à mesure que coulait le délai de quinze jours fixé pour leur mariage, les pensées de Lorenza évoluaient. Elle s'attachait à ce beau garçon étrange, à la voix douce et impérieuse. Il suffisait qu'il plongeât dans les siennes ses prunelles scintillantes pour qu'elle n'éprouvât plus qu'un besoin profond de demeurer près de lui, de l'écouter, de le regarder, et presque de se fondre en lui. Il savait si bien lui dire qu'il l'aimait !

Un soir d'avril 1769, un vieux prêtre de San Salvatore, que le fiancé semblait bien connaître, unit pour la vie Joseph Balsamo et Lorenza Feliciani en présence de deux témoins, annoncés comme étant deux serviteurs du cardinal Orsini, qui disparurent comme des ombres sitôt la cérémonie terminée.

— Maintenant, tu es ma femme, dit gravement Balsamo en sortant de l'église. N'oublie jamais, Lorenza, que tu m'appartiens corps et âme, que tu ne dois plus avoir d'autre volonté que la mienne. Rien de ce que tu me verras faire ne devra t'inciter à poser des questions. De même, tu ne devras jamais rien révéler, à qui que ce soit, sous quelque pression que ce soit, de ce que tu me verras accomplir.

— J'obéirai ! promit la jeune femme, subjuguée.

— Jure-le !

— Je le jure...

— Alors, de mon côté, je jure de faire tout au monde pour te rendre heureuse. Maintenant, viens.

Quelques instants plus tard, une rapide chaise de poste emportait vers Venise les nouveaux époux. À peine étaient-ils passés que les portes de Rome se fermaient pour la nuit.

À Venise, Lorenza Balsamo découvrit l'amour entre les bras de son mari. Mais elle découvrit aussi d'étranges choses. Parfois, Joseph l'emmenait, le soir venu, dans quelque demeure patricienne, où il la présentait très solennellement à des personnes dont elle ne parvenait jamais à retenir les noms. Puis il la faisait asseoir sur un tabouret, au centre de la pièce où l'on se trouvait, et là, lui posait une main sur la tête en lui ordonnant de dormir.

Quand elle se réveillait de ce bizarre sommeil, Lorenza ne se souvenait de rien, hormis d'une suite de rêves fantastiques qui lui laissaient la tête lourde. Elle n'osait pas poser de questions tant son époux l'impressionnait, mais ne fut qu'à demi rassurée quand il lui dit :

— Dieu t'a conféré un don précieux, grâce auquel les choses de l'avenir se dévoilent souvent à moi. Il ne faut pas t'effrayer lorsque je t'ordonne de dormir, car tu deviens alors sainte et précieuse entre toutes.

C'était là un langage bien obscur pour une petite Romaine à peu près ignorante. D'autant plus que le comportement de Balsamo se faisait de plus en plus bizarre. Ils étaient arrivés à Venise en compagnie d'un certain marquis d'Agliata, gentilhomme sicilien au service du roi de Prusse, avec lequel Joseph avait à faire pour le compte du cardinal Orsini. Or, à peine était-on arrivé que ledit Agliata s'était soudain volatilisé, emportant avec lui non seulement l'argent des Balsamo, mais encore les lettres qu'avait remises le cardinal Orsini à son envoyé, lettres grâce auxquelles il s'était fait donner de l'or par deux ou trois dupes, au nom de Balsamo. Et, un soir, on était venu les arrêter pour les conduire devant le Procurateur.

Tandis que Lorenza, terrifiée, éclatait en sanglots, persuadée que la hache du bourreau la guettait, Balsamo se défendit avec acharnement. Il avait été la victime d'un escroc, et n'avait nullement trempé dans ses agissements. On le relâcha, mais la sombre colère qui l'avait saisi en découvrant le larcin n'était pas encore épuisée.

— Nous allons partir, dit-il à la jeune femme tremblante. Cet homme, qui m'a volé, j'entends le retrouver... Il ne sera pas dit qu'un coquin s'est joué de moi.

— Comment partir? Nous n'avons plus d'argent, plus de papiers. On ne nous laissera pas franchir la limite des États de Venise.

— Cela me regarde!

Il se mit au travail, et Lorenza découvrit alors que son mari était à la fois un grand artiste et un habile faussaire. Pour se procurer un peu d'argent, il copia quelques dessins de Rembrandt qu'il vendit aisément, tandis qu'il soumettait encore sa femme à quelques séances d'hypnotisme. Pour se procurer des passeports, il les fabriqua purement et simplement. Lorsqu'il les fit admirer en souriant, à

Lorenza, la jeune femme, terrifiée, se signa précipitamment deux ou trois fois.

— Tu es le Diable, Joseph ! Je crois que tu me conduis à ma perte !

Il l'avait alors prise dans ses bras et l'avait embrassée passionnément.

— Je te conduis au bonheur, Lorenza ! À la fortune ! Tu seras riche, tu porteras les plus belles toilettes, les plus beaux joyaux. Je veux de l'or pour toi, beaucoup d'or, et les plus belles pierres. Mais d'abord, il faut que je me venge.

Par quel moyen connu de lui seul, Joseph Balsamo parvint-il à retrouver la trace de son voleur ? Ce fut le secret d'une suite de personnages baroques : bateliers, soldats, bohémiens ou simples paysans, rencontrés sur la route, auxquels il lui suffisait de chuchoter quelques mots à l'oreille pour en obtenir un renseignement, une indication. Cela conduisit le couple à Milan.

— D'Agliata est ici, dit Joseph. Avant deux jours, je l'aurai retrouvé.

— Que veux-tu faire ?

Occupé à s'envelopper d'un long manteau noir à capuchon qui devait le rendre à peu près invisible, Joseph suspendit un instant son mouvement et fronça les sourcils.

— Le jour de notre mariage, tu as juré de ne jamais poser de questions ! As-tu oublié ton serment ?

— Non... mais j'ai peur, Joseph ! Je ne sais pas pourquoi, j'ai si affreusement peur.

— Tu n'as rien à craindre. Seul l'homme qui m'a volé, et rendu impossible le retour auprès du cardinal Orsini, peut avoir peur. Il a fait échouer ma mission. Il m'a presque déshonoré. Je veux en tirer vengeance.

Deux nuits plus tard, la jeune femme le vit rentrer, fort tard, dans la misérable auberge où ils avaient élu domicile, près des fossés du château Sforza. Il portait sous le bras un assez gros paquet et semblait très heureux.

— Nous partons, lança-t-il joyeusement.
— Où allons-nous ?
— En Espagne. Désormais, nous voyagerons comme pèlerins : le baron et la baronne Balsamo, en route pour Saint-Jacques-de-Compostelle.
— Comme pèlerins ? Mais pourquoi ?
— Parce que les pèlerins reçoivent la charité au long de leur route, et parce que nous ne pouvons plus demeurer ici. À l'aube, la police sera sur nos traces.

Tout en parlant, il tirait de son fourreau la longue épée qui lui battait le flanc et Lorenza, terrifiée, vit qu'elle portait encore des traces de sang.

— D'Agliata est mort ! ajouta Balsamo. Je suis vengé, mais il nous faut fuir. Habille-toi : il y a dans ce paquet deux robes de pèlerin. Il faut que nous franchissions les portes de Milan dès leur ouverture.

Il n'avait pas besoin de donner plus d'explications. La vue du sang avait trop épouvanté Lorenza pour qu'elle eût même l'idée de discuter. Pourtant, elle osa demander :

— Pourquoi l'Espagne ?

— Parce qu'un homme habile s'y procure aisément de l'or et même des pierreries, sans lesquels il n'est pas de fortune, pas de puissance possible. C'est cela que nous allons chercher en Espagne, Lorenza !

L'or, les pierreries ! Lorenza avait déjà découvert quelle étrange fascination ils exerçaient sur son époux. Lui qui se montrait en toutes circonstances si maître de lui-même pouvait presque perdre son propre contrôle en face d'un sac d'or ou d'une gemme étincelante. Elle l'entendit murmurer :

— Les plus belles pierres ! Les plus beaux diamants ! Un jour... oui, je les posséderai, et par eux, je régnerai.

Quelques semaines plus tard, un soir de janvier 1770, deux pèlerins se présentèrent à la porte de l'auberge du Bon Roy René à Aix-en-Provence. Leurs manteaux cousus de coquilles étaient couverts de poussière et leur aspect ne plaidait guère en faveur de leur richesse. Aussi l'aubergiste hésita-t-il un instant à les accueillir. Mais l'un des arrivants était une ravissante jeune femme, blonde et frêle, avec un fin visage et un grand air de distinction. Elle semblait si lasse que le digne homme n'hésita pas plus longtemps. D'ailleurs, l'homme, un gaillard aux profonds yeux noirs, le rassurait déjà, dédaigneusement.

— Tu n'as rien à craindre pour ta note, aubergiste. Nous sommes pèlerins mais point mendiants. Ta meilleure chambre pour le baron et la baronne Balsamo, en route pour Compostelle de Galice.

L'hôte se précipita, rassuré et repentant. Avec force courbettes, il conduisit les arrivants à une table située au coin de la cheminée. Un mouton entier rôtissait avec un agréable fumet de fenouil et de romarin.

— Un instant, rien qu'un instant ! Le temps de préparer la chambre. Que madame la baronne s'asseye un peu. Elle semble si lasse...

Cette opinion, un élégant voyageur, qui fumait sa pipe en buvant un pichet de vin rosé à quelques pas de là, semblait la partager entièrement. Son regard ne quittait pas le joli visage de Lorenza, pâli et creusé par la fatigue. C'est que, depuis Milan, la route avait été longue et dure, malgré la charité de quelques voyageurs qu'apitoyaient la jeunesse et la mine lasse de la jeune femme. Âgé d'environ quarante-cinq ans, grand et bien bâti, il portait un élégant costume de cheval en velours gris garni d'un galon d'argent. Son visage surtout était attirant : très brun, sous la perruque poudrée, il avait un grand nez arrogant, des lèvres fortes et très rouges, des dents éclatantes et des yeux noirs, vifs et gais. Quand Joseph vint chercher Lorenza pour la mener à sa chambre, l'inconnu se leva et salua profondément la jeune femme qui lui rendit son salut en rougissant, et lorsqu'elle monta l'escalier, il la suivit des yeux jusqu'à ce qu'elle eût disparu.

À peine la porte refermée sur eux, Balsamo laissait éclater sa satisfaction.

— Cette fois, je crois que nous n'avons pas à

chercher comment nous paierons l'auberge, fit-il en se frottant les mains, tu as fait mouche au premier coup.

— Que veux-tu dire ?

— Que tu intéresses énormément l'homme qui est en bas et qu'avec un sourire, tu en feras un esclave tout à fait disposé à payer pour nous !

Lorenza frissonna et s'écarta de son époux. Elle alla tendre ses mains transies au feu qui flambait joyeusement dans la cheminée.

— Non ! murmura-t-elle, non, Joseph ! Pas ce soir. Ne me demande pas cela. Je ne veux plus !

En effet, depuis leur départ de Milan, Balsamo avait monnayé sans vergogne la pitié des voyageurs rencontrés sur la route. La beauté de Lorenza appelait l'attention, sa situation précaire les émouvait, et plus d'une fois, leurs notes d'auberge avaient été ainsi payées par d'obligeants inconnus, certains que les sourires de la jeune femme recelaient une promesse d'aventure. Jusque-là, Lorenza, subjuguée par son époux, s'était prêtée à ce jeu dangereux. Ce soir, elle ne voulait plus ; peut-être parce que cette fois, il s'agissait d'un homme séduisant, et qui lui plaisait.

Balsamo s'approcha d'elle doucement et, posant ses mains sur les épaules de la jeune femme :

— Tu ne veux pas ?

— Non !

Brutalement, il l'obligea à se retourner, saisit sa tête entre ses doigts devenus aussi durs que l'acier et la força à le regarder.

— Mais moi, je veux, Lorenza ! Tu feras ce que

je t'ordonne... Tu seras aimable avec cet étranger, très aimable même. Et tu m'obéiras. Tu m'entends ? Je le veux !

Lorenza battit des paupières tandis que ses prunelles s'élargissaient comme celles d'un oiseau fasciné. Elle murmura, vaincue une fois de plus :

— Oui, Joseph, j'obéirai.

Balsamo demeura un moment sans bouger, les yeux rivés à ceux de sa femme. Puis, d'un geste rapide et doux, il appuya deux doigts sur ses paupières, les obligeant à se clore.

— Repose-toi un moment, ta fatigue va s'en aller.

Docile, Lorenza se laissa aller sur un fauteuil, endormie.

La matinée du lendemain trouva les Balsamo chevauchant avec leur nouvel ami à travers les sèches collines provençales piquées de cyprès noirs et d'oliviers argentés. Tout s'était passé comme Joseph l'avait prédit. Fasciné par la beauté de Lorenza, l'inconnu s'était mis entièrement à leur service, et, ayant dit se rendre lui-même en Espagne, avait proposé de faire route ensemble. Il avait même acheté deux chevaux pour ses nouveaux amis.

C'était lui aussi un Italien. Un Vénitien, qui leur avait dit se nommer Giacomo Casanova de Seingalt, chevalier, et de toute évidence un grand amateur de femmes. Mais s'il aimait les femmes, Casanova savait aussi les séduire et Lorenza s'aperçut bientôt que son charme était redoutable.

Il lui faisait une cour pressante, se cachant à peine du mari et cherchant toutes les occasions de lui parler en tête à tête.

Un soir, alors que la frontière d'Espagne était proche, et que tous deux se promenaient dans le jardin de l'auberge en attendant le dîner, Casanova osa proposer à Lorenza de l'enlever.

— Bientôt, nous serons à Barcelone, où j'ai des amis. Là, je pourrai vous arracher à votre mari. Il sera facile de faire arrêter Balsamo sous un vague prétexte, pour quelques jours, ce qui nous laissera le temps de disparaître. Ensuite, on le relâchera, avec beaucoup d'excuses, mais nous serons loin. Avec moi, vous serez libre, heureuse... Vous n'êtes pas faite pour cet homme qui vous fait peur.

— C'est vrai, il me fait peur ! Si peur que je ne sais plus si je l'aime ou si je le crains... Aidez-moi ! Vous avez été si bon, j'ai confiance en vous...

Elle s'arrêta. De derrière un buisson de lauriers, apparaissait Balsamo, qui s'avançait vers eux à pas lents, respirant une fleur qu'il venait de cueillir.

— Quelle merveilleuse soirée, dit-il en leur souriant avec bienveillance. On pourrait demeurer là toute la nuit, mais je crois qu'il faut rentrer, car le souper est servi.

Quelques jours plus tard, quand on arriva à Barcelone, le chevalier Casanova de Seingalt eut la surprise d'être arrêté par ordre du vice-roi et de la Très Sainte Inquisition pour propos impies et incitation à la débauche. Mais il avait des relations et n'eut aucune peine à se libérer de la dangereuse accusation. On se contenta de le ramener, sous bonne garde, à la frontière.

Et Lorenza, épouvantée, retomba plus que jamais au pouvoir de son époux.

II

Les topazes du Portugais

La fête battait son plein dans les salons de l'hôtel de Picoas, l'un des plus vieux et des plus beaux de Lisbonne, l'un de ceux, surtout, que le grand tremblement de terre de 1755 avait laissés debout. Toute la société s'y pressait, en habits chamarrés et robes somptueuses, taillés dans les satins brochés, les brocarts dorés ou argentés, tissés aux Indes mais suivant la dernière mode de Paris. Les femmes, et les hommes plus encore peut-être, offraient autant d'étalages de joaillerie, croulant sous le poids des pierres multicolores qui décoraient vêtements, gorges, poignets, chevelures, décorations et branches d'éventails. Il y avait de fort jolies femmes, mais on admirait surtout la beauté de la comtesse di Stefano, une noble Italienne dont le mari, très versé dans les sciences occultes, faisait accourir toute la ville dans son cabinet du Terreiro do Paço.

Pourtant, la comtesse ne portait pas, tant s'en fallait, autant de bijoux que les autres femmes, mais sa robe de satin nacré, toute garnie de roses pâles et d'entrelacs d'argent, les flots de dentelles qui moussaient à ses coudes et à sa gorge, le savant rangement de ses cheveux poudrés et mêlés de roses, tout, jusqu'à son grand éventail de dentelle blanche et la petite ruche qui entourait son cou mince, portait la marque du meilleur goût. Elle avait une grâce inimitable que rendait plus exquise encore le voisinage de son mystérieux mari, tout velours noir et broderies d'or.

Tandis qu'ils s'avançaient dans les salons illuminés, des hommes, adossés à l'une des colonnes moresques du patio où parmi les citronniers chantait une fontaine, les regardaient passer. L'un d'eux, le plus grand, portait avec élégance un superbe habit de velours pourpre constellé de diamants. Il se pencha vers son voisin :

— On parle beaucoup ces temps-ci de ce comte di Stefano qui nous est arrivé voici deux mois. Il révolutionne la ville en prédisant l'avenir, et l'on dit qu'il s'adonne à la magie. Mais sait-on au juste ce qu'il est et d'où il vient ?

— Il se dit un fils naturel du Grand Maître de l'Ordre de Malte, Pinto da Fonseca, et sa femme serait de noble famille romaine. Mais de tout ceci, je ne suis nullement certain. Il vient d'Espagne ; c'est tout ce que je sais officiellement, de Compostelle, plus exactement. On dit sa femme très pieuse.

— Elle est en tout cas bien jolie. Mais je m'étonne, mon cher Manique, de vous voir si mal informé. Vous, notre intendant de police ?... Vous ne m'apprenez guère que ce que chacun sait déjà !... Qu'attendez-vous pour vous renseigner de plus près ?

Pina Manique haussa les épaules, tandis qu'un mince sourire passait comme un nuage sur son visage aigu, aux traits austères.

— Rien ne presse, tant qu'ils ne font qu'amuser les gens avec leur prétendue magie. Mais si je partage volontiers votre avis en ce qui touche la beauté de la comtesse, je ne vous cache pas que la figure du mari ne me dit rien qui vaille. Je sens en lui quelque chose de trouble... de dangereux peut-être.

— Si les policiers se mettent à avoir des pressentiments, où allons-nous ? fit l'autre en riant. (Il ajouta :) En tout cas, me voilà déçu, je pensais que vous les connaissiez et comptais vous demander de me présenter.

— Vous êtes incorrigible, soupira Manique. Un de ces jours, il vous arrivera malheur, car vous ne savez pas résister à un joli visage, alors que votre fortune ne les attire que trop !

— Si je vous comprends bien, on ne saurait m'aimer que pour mes écus ? C'est gracieux, et je vous remercie.

— Ne soyez pas stupide, Cruz-Sobral. Quand on atteint un certain âge, il est téméraire d'espérer autre chose. Mais si vous tenez à entrer en relations avec ces gens, adressez-vous plutôt à notre hôtesse. Iñes de Picoas raffole de cet Italien et ne sera que trop heureuse de jeter sa femme dans vos bras. Mais ensuite, ne venez pas vous plaindre s'il vous arrive quelque déplaisante aventure.

Avec un sourire de dédain, José-Anselmo da Cruz-Sobral chiquenauda son jabot d'un air fat et s'éloigna dans la direction où il avait vu disparaître la belle Lorenza et son mari. C'était l'un des hommes les plus riches du Portugal, un armateur dont les navires sillonnaient les mers. Il possédait, en outre, de nombreuses propriétés et une fabuleuse collection de pierres précieuses devenue quasi légendaire. On parlait surtout de ses topazes, des pierres énormes, venues du Brésil où il avait une mine.

Tout cela lui valait de nombreux succès féminins que, sans son auréole de Crésus, sa cinquantaine haute en couleur et un peu trop enveloppée n'eût guère justifiés. Mais pour l'heure présente, le choix capricieux de l'armateur s'était fixé sur la belle Italienne.

Il la retrouva sans beaucoup chercher et comme, justement, la jeune femme bavardait avec son mari et la dame de Picoas, Cruz-Sobral n'eut aucune peine à se faire présenter. Il en eut moins encore à être invité chez les di Stefano, car le sombre comte parut subitement se dégeler à son contact. Il fut aimable, courtois, charmant... Et que la comtesse était donc jolie, vue de près ! Ébloui, enivré, Cruz-Sobral s'entendit jurer de se présenter au Terreiro do Paço dès le lendemain, pour une première visite à ses nouveaux amis.

Or, à peine étaient-ils rentrés du bal qu'une scène éclatait entre les « nobles Italiens ». En termes exaspérés, Lorenza reprocha à Joseph d'avoir invité Cruz-Sobral.

— Je ne veux pas voir ce gros homme ici, tu m'entends ? Je ne le recevrai pas...

Sans s'émouvoir le moins du monde, Balsamo

continua de dégrafer son jabot en point d'Angleterre.

— Sais-tu que cet homme possède la plus fantastique collection de topazes de toute l'Europe ? Même la Grande Catherine n'en a pas d'aussi belles. Pourquoi donc ne le recevrais-tu pas ?

— Crois-tu que je n'ai pas vu comment il me regardait ? Peux-tu me jurer que tu ne comptes pas sur moi pour l'attirer ici ?

— Bien sûr que non. Ta beauté est notre meilleur passeport. Et pourquoi d'ailleurs ne pas l'inviter ? Qu'est-ce que je te demande ? D'être aimable, juste pendant quelque temps avec un richissime armateur.

— Comme j'ai dû être aimable avec le vice-roi de Barcelone qui nous a fait chasser parce que je ne voulais pas lui céder. Et à Madrid ? Te souviens-tu du genre d'amabilité que me demandait le duc d'Albe ? Nous avons dû passer la frontière pour qu'il ne te livre pas à l'Inquisition, tant il avait hâte de se débarrasser de toi !...

— Je sais. Nous n'avons pas eu de chance, mais ici, nous n'avons rien à redouter de semblable et Lisbonne est le plus important marché de pierres précieuses d'Europe. Tu dois m'aider. Nous irons ensuite à Londres, puis à Paris... mais il me faut quelques-unes des topazes du Portugais. Et toi, tu n'as rien de plus pénible à faire que le séduire.

Brusquement, la colère de Lorenza tomba. Elle se jeta sur son lit et se mit à sangloter.

— Par pitié, ne m'impose pas cela ! Ce gros

homme me fait horreur ! Je ne peux même pas supporter l'idée de sa main sur mon bras.

Joseph vint s'agenouiller auprès d'elle et lui entoura les épaules de son bras.

— Calme-toi. Nous n'en sommes pas là, fit-il doucement. Tu es assez habile pour éviter d'aller trop loin et le mettre à tes pieds. Il faut seulement le rendre aveugle, sourd, dément. Et tu sais bien que je t'aime.

— Oh toi... ton amour, fit-elle amèrement. Si tu m'aimais, tu serais jaloux !

— Je ne crois pas. La jalousie est une maladie d'imbécile. Et je veux bien admettre tous les reproches, sauf celui d'imbécillité !

Don José-Anselmo se hâta, bien entendu, de profiter de l'invitation qu'il avait reçue. Il se présenta le lendemain comme convenu chez les « di Stefano ». Lorenza le reçut gracieusement et Joseph lui fit visiter son laboratoire d'alchimie. Il lui montra ses livres d'hermétique, ses fours et ses cornues, car depuis son installation à Lisbonne, il se livrait avec une sincère passion à la grande recherche qui hantait sa vie : accomplir la transmutation des métaux en or et fabriquer lui-même ces pierres précieuses qui le fascinaient. Il se donnait avec tant d'ardeur à ces travaux qu'il demeurait bien souvent des nuits entières loin du lit de Lorenza.

Heureux de tant de bonnes grâces, Cruz-Sobral revint encore et encore, prenant bien soin de se faire précéder chaque fois de fleurs, de fruits rares, ou d'autres menus cadeaux. Chaque fois que l'un de ses navires touchait les quais de Lisbonne, il envoyait des soieries, des épices, des ivoires, des jades, et même un superbe perroquet du Brésil, bleu comme un ciel d'été.

La cour plutôt timide qu'il faisait à Lorenza était si discrète que la jeune femme commençait à se rassurer, quand un beau jour, Don José, prenant son courage à deux mains, l'invita à venir visiter, dans l'après-midi, la fastueuse propriété de campagne qu'il possédait sur les bords du Tage, en amont de la ville.

Les craintes de Lorenza lui revinrent alors en foule. Elle voulut éluder, mais Cruz-Sobral insista :

— J'ai là ma collection de pierres précieuses. J'aimerais tant vous la faire admirer. Vous ne seriez pas femme si vous n'aimiez pas les belles pierres. Et les miennes sont uniques.

— Elle les adore, affirma Joseph. Nous serons très heureux de visiter votre demeure, fit-il avec un bon sourire qui voulait ignorer la petite grimace de Cruz-Sobral apprenant que le mari serait de la partie.

L'armateur avait tellement espéré que la belle comtesse viendrait seule ! Il se consola vite en pensant que, le protocole satisfait, il réussirait, plus tard peut-être, à ramener l'enchanteresse sans son chaperon...

En fait la visite fut pour Joseph un enchantement, pour Lorenza un demi-supplice seulement. Cruz-Sobral, peu désireux sans doute de l'effaroucher, malgré l'attitude distraite du comte di Stefano qui les laissa seuls plus d'une fois, fut galant, tendre, empressé, mais sans plus. Sa propriété, vaste demeure de style manuélien, dominait de haut une dégringolade de terrasses où foisonnaient rosiers, orangers et fougères géantes. En suivant son hôte dans les méandres parfumés du jardin, au bout duquel coulait le Tage, Lorenza songeait en soupirant qu'il eût fait bon vivre au milieu de tant de beauté, auprès d'un Joseph devenu un homme comme les autres. Mais Joseph ne s'intéressait qu'aux topazes.

Elles valaient, à vrai dire, un royaume. Emplissant plusieurs vitrines, elles étalaient leur somptuosité dorée sur le velours brun des coussins. Le couple n'en avait jamais tant vu, ni d'aussi belles. Sans que Lorenza s'en doutât, ses yeux s'étaient mis à briller devant tant de merveilles, et Cruz-Sobral sourit :

— Ceci est ma collection, constituée de pierres rares, mais j'en possède beaucoup d'autres. Tenez.

Jetant un rapide coup d'œil à Joseph qui, fasciné, demeurait pétrifié devant la principale vitrine, l'armateur ouvrait un grand coffre de bois sculpté posé devant une fenêtre et montrait à Lorenza une collection d'écrins voisinant avec une masse de gemmes en vrac, parmi lesquelles le soleil alluma un incendie. Dans un écrin, Cruz-Sobral prit un fort beau collier et, d'un geste vif, l'attacha au cou de la jeune femme.

— En souvenir de votre visite, chuchota-t-il tout près de son oreille, si près que son souffle, devenu court, la brûla. Et dans l'espoir que vous reviendrez bientôt, très bientôt, ajouta-t-il plus bas encore.

Ses doigts boudinés s'attardaient sur le cou blanc, et Lorenza frissonna. Elle voulut s'écarter, il la retint :

— J'aimerais tant vous offrir tout ce qu'il y a ici... Si vous vouliez...

— Mais je ne veux pas. Que dirait mon mari ? fit-elle en se dégageant doucement, d'un geste gracieux.

— Oh, un mari, cela se quitte, ma chère enfant, ou cela se trompe. Mais je ne veux pas vous faire peur. Promettez-moi seulement de revenir, sans lui, au moins une fois.

— Si je puis... Je verrai, répondit-elle en agitant si nerveusement son éventail que Cruz-Sobral la crut troublée, alors qu'elle n'était que gênée.

Il se contenta de cette demi-promesse, mais Joseph, une fois rentré au logis, se montra ravi du collier.

— Un beau début, fit-il, j'espère que le reste suivra.

En effet, dès le lendemain, comme Lorenza, dolente, restait chez elle, prétextant sa mauvaise santé, Cruz-Sobral se fit annoncer tous les jours et, pour inciter la jeune femme à revenir admirer sa collection, lui apporta d'autres pierres, qui s'en allèrent rejoindre le collier au fond du coffre de Joseph.

Les chaleurs de l'été portugais s'installèrent et en vinrent à altérer réellement la santé de Lorenza, qui n'en tomba que davantage sous le terrible pouvoir hypnotique de son époux. Elle ne fut bientôt plus entre ses mains qu'une pâte molle et malléable à merci. Quand il lui ordonna d'annoncer à Cruz-Sobral sa prochaine visite, seule, dans le domaine aux topazes, elle ne réagit qu'à peine, mais gémit douloureusement.

— Tu veux que je cède à ce gros homme ? Toi, Joseph ? Est-ce possible ?

— Je ne te demande rien de semblable. Je te demande de te rendre chez lui, et de t'arranger pour que ta visite dure assez longtemps pour me permettre d'accomplir ce que j'ai décidé.

Avec un froid cynisme, il lui dévoila son plan. Les pierres qu'elle avait obtenues de l'amour du Portugais ne lui suffisaient pas : ce qu'il voulait, c'était la grande collection. Tandis que Lorenza occuperait Cruz-Sobral, de préférence sous les bosquets parfumés du jardin, il s'introduirait dans la maison grâce à un complice, un Sicilien qu'il avait fait entrer comme valet chez le Portugais, et s'emparerait des topazes. Il ne leur resterait plus qu'à s'embarquer, la nuit même, sur une rapide felouque, frétée par avance, et à faire voile vers d'autres horizons.

Cette fois, malgré son asservissement, Lorenza fut épouvantée : il s'agissait d'un vol, qui pouvait leur valoir la corde ou les galères. Mais Joseph refusa d'écouter ses protestations. Il décida du soir où Lorenza se rendrait chez le Portugais, se mit en quête d'une felouque, et entreprit de se procurer des passeports, à leur ancien nom de Balsamo.

Heureusement, deux jours avant la date fixée, alors que Lorenza songeait sérieusement à se jeter dans le Tage, Balsamo entra brusquement dans la chambre où elle rêvait tristement.

— Tout est perdu! s'écria-t-il. Tu as une heure pour te préparer. Nous quitterons Lisbonne avec la marée.

Déjà, il se précipitait vers la table à coiffer de sa femme, y raflait tous les bijoux et les enfouissait dans un grand sac qu'il tenait tout ouvert.

— Allons, dépêche-toi!
— Dis-moi au moins ce qui s'est passé?
— Cet imbécile de Salvatore s'est fait tuer cette nuit, d'un coup de poignard. Il a pu parler avant de mourir, et croyant que le coup venait de moi, il m'a dénoncé. Un ami que j'ai à l'intendance de police vient de m'avertir que l'on m'arrêterait à midi. Mais à midi, nous serons loin.
— Pourquoi a-t-il cru que le coup venait de toi?
— Nous nous sommes disputés hier soir. Il voulait que j'augmente sa part du trésor.

Il y eut un silence. Les yeux agrandis de Lorenza cherchaient à lire la vérité sur le visage impassible de son époux. Était-il vraiment aussi innocent du meurtre qu'il le laissait supposer? Mais depuis longtemps, elle savait qu'il était inutile de le questionner sur un tel sujet. Elle se contenta de demander, la voix blanche:

— Où allons-nous?
— À Londres. Là, personne ne nous connaît...

Une heure plus tard, la voile rouge d'une felouque se gonflait sur le Tage, et le rapide petit bateau s'envolait vers le grand océan. Lorenza était sauvée, les topazes du Portugais aussi!

Quand Balsamo et Lorenza arrivèrent à Londres, ils n'avaient plus un sou. Le navire contrebandier qui avait accepté de les conduire jusque sur les rives de la Tamise les avait proprement dépouillés.

Ils étaient si pauvres qu'ils durent se contenter d'aller loger dans une misérable taverne de l'affreuse Kent Street, leurs moyens ne leur permettant pas mieux. Pour comble de bonheur, dans l'atmosphère brumeuse de Londres, continuellement empuantie par les fumées du charbon que l'on brûlait généralement dans les cheminées anglaises, Balsamo tomba malade. Il lui fallut garder le lit, écrasé par une mauvaise bronchite, tandis que Lorenza s'en allait mendier par les rues mal pavées de galets ronds qui s'enfonçaient à moitié dans la boue. De loin en loin, on jetait des fagots pour permettre le passage des carrosses dans les pires bourbiers.

Mais si misérable que fût leur auberge, il fallait tout de même la payer, et le plus souvent, le couple dînait d'une pomme ou d'une affreuse bouillie de maïs.

— Dire, soupirait Joseph, redevenu par miracle un mari attentif, que je t'avais promis tous les trésors de la terre. Quel misérable pays que celui-ci, où on laisse mourir de faim deux nobles étrangers.

— Chez nous aussi, la misère est grande, mais il y a le soleil, et les gens ont le cœur chaud, soupira Lorenza.

Celui des Anglais, apparemment, était plus dur que la pierre. Malgré son état, Balsamo, incapable de payer, fut jeté, sur la prière du tavernier, dans l'immonde prison de Fleet Street, où l'on mettait les débiteurs insolvables, et Lorenza se retrouva dans la rue. L'hôte lui avait bien proposé un autre moyen de s'en tirer, mais elle l'avait refusé avec horreur. Ce fut sa chance.

Tandis qu'elle mendiait à la porte de la cathédrale Saint-Paul, la beauté de son visage, la grâce aristocratique de sa silhouette, dans ses habits misérables, attira l'intérêt d'un vieux seigneur. Sir Richard Dehels n'était pas un mauvais homme, bien au contraire. C'était un esthète et un collectionneur d'objets d'art. La misère poignante de cette très jeune femme, si belle et si distinguée, l'intrigua. Il lui parla avec bonté. Alors, emportée par son tempérament italien, Lorenza se confia à lui, lui conta leur misère.

— Si votre époux vous ressemble, nous le sortirons de sa prison. Des gens comme vous ne sont pas faits pour traîner dans les rues de Londres ou s'étioler dans les cachots.

À la grande joie de Lorenza, le vieux monsieur alla tirer Balsamo de Fleet Street et, satisfait de sa mine, l'emmena ainsi que sa femme dans la grande maison qu'il possédait auprès de Cantorbéry.

— Votre femme m'a dit que vous dessiniez avec grand talent. Si vous le voulez, vous pourrez travailler pour moi, étudier et copier certains dessins que l'on refuse de me vendre.

L'ancien alchimiste de Lisbonne soupira. Reprendre les crayons, quand il rêvait de faire de l'or, de voir naître les diamants sous ses doigts ! Mais il fallait vivre.

— Vous êtes bien bon, Monsieur... J'essaierai de vous satisfaire.

La maison de Cantorbéry fit à Lorenza l'effet d'un paradis après l'enfer. Elle y trouva une atmosphère de luxe de bon ton, de respectabilité, où elle oublia les sombres jours, les séances d'hypnotisme et tout le fatras occulte dont son époux aimait s'entourer. Joseph dessinait, paraissait avoir tout oublié de ses terribles ambitions passées. Elle était presque heureuse.

Malheureusement, dans sa geôle de Fleet Street, Joseph avait fait la connaissance d'un autre Italien, qui se disait marquis de Navona et n'était qu'un parfait fripon. Cet homme connaissait par cœur les collections célèbres de toute l'Angleterre, et un funeste soir, vint retrouver Joseph dans la taverne de Cantorbéry où il lui avait donné rendez-vous.

Au retour, Balsamo avait les joues animées et les yeux étincelants.

— Sais-tu, dit-il que notre bonne étoile nous a conduits à la source même de la fortune ?

— Que veux-tu dire ?

— Que ce vieux sir Richard ne collectionne pas seulement les dessins et les tableaux... mais aussi les gemmes !

— Quoi ?

Le sang, peu à peu, se retirait du joli visage de Lorenza. La peur, la vieille peur qu'elle croyait bien avoir laissée dans la taverne de Kent Street, lui revenait, écœurante. Elle n'osait même pas interroger. D'ailleurs, Joseph, qui ne l'aurait pas écoutée, continua les yeux enflammés, déjà emporté par sa passion.

— Il possède des rubis... de magnifiques rubis. Des pierres sublimes, comme le Roi n'en possède pas !

Lorenza poussa un cri et se jeta à genoux auprès de son époux.

— Non, Joseph ! Non ! Tu ne peux pas faire cela.

— Et pourquoi donc ? Songe un peu : avec ces rubis, nous pourrons repartir, gagner Paris, où jamais un homme habile n'est mort de faim.

— Songe, toi-même, que sir Richard nous a sauvés de la misère, de la mort peut-être ! Et en échange, tu le voleras ? Tu oserais faire cela ?

— Je t'ai déjà dit que je voulais réussir. Mon œuvre, le Grand Œuvre, m'attend. Il me faut un laboratoire, des métaux, des cornues, des fourneaux. Que représente l'estime d'un homme auprès des merveilles qui m'attendent !

Ses yeux ne la regardaient pas. Largement dilatés, ils semblaient voir, jusque dans l'avenir, une apothéose d'or et de pierres étincelantes. Lorenza comprit qu'il était au-delà de tout raisonnement.

— Si tu fais cela, murmura-t-elle, je te quitterai. Je m'enfuirai.

— Ne dis pas de sottises ! Que ferais-tu sans moi ?

Mais le lendemain, quand le jour se leva sur la campagne et sur la maison de sir Richard Dehels, Lorenza Balsamo avait disparu...

III

Le Maître des Mystères

Le marin abattit la voile et le petit navire vint se ranger doucement à quai. Vivement, Balsamo mit un peu d'or dans sa main et sauta à terre. L'aigre vent de décembre claqua dans son grand manteau noir. Le froid mordait la peau. Pourtant, le voyageur s'épongea le front. La traversée avait été rude depuis Douvres. Cent fois, Balsamo avait cru sa dernière heure venue. Certes, il avait beaucoup navigué, jadis en Méditerranée, mais la plus bleue des mers ne ressemblait en rien à cette Manche hargneuse et grise, gonflant sous un ciel bas ses vagues énormes, ses brumes traîtresses, qui cachaient d'effrayants récifs.

Le sol de Calais lui parut merveilleusement stable et rassurant. Depuis Cantorbéry, il avait suivi jusqu'en France la trace de son épouse fugitive. À Douvres, il était arrivé juste à temps pour voir s'éloigner le courrier régulier qui traversait le détroit, et apprendre que la « signora Lorenza Feliciani était à bord ». Il avait alors frété un navire et, moyennant une bonne partie de ses économies, s'était lancé à la poursuite de sa femme.

Puisqu'elle avait choisi de se rendre en France, c'est que Paris était sa destination. Paris, d'où partaient les malles-poste qui pourraient la ramener vers l'Italie. Mais pour le moment, il convenait de se renseigner.

La lumière rougeoyante d'un cabaret dont l'enseigne se balançait dans le vent, en grinçant désagréablement, attira son attention. Outre quelques éventuels renseignements, il trouverait dans cette maison au moins une soupe chaude et un pot de vin pour se réconforter. Faisant le dos rond pour lutter contre les bourrasques, il se dirigea vers le cabaret.

L'hôte du « Repos du Pêcheur » ne paraissait ni très communicatif ni très éveillé, mais le son de l'or le fit singulièrement s'activer. Il se hâta d'apporter un bol de soupe, quelques tranches de lard et un pichet de vin à ce voyageur attardé et ne fit aucune difficulté pour admettre que les voyageurs du courrier régulier s'arrêtaient volontiers chez lui pour se remettre de la traversée. Certes, il avait remarqué, parmi les derniers, une jeune femme, blonde et fort belle, fort triste aussi, qui semblait avoir bien de la peine à se soutenir.

— Heureusement, l'homme qui l'accompagnait ne la quittait pas d'une semelle. Il arrangeait son manteau, la forçait à manger et à boire, l'assurait que son malaise allait se dissiper, et que dans sa voiture, elle serait tout à fait bien.

Balsamo fronça les sourcils. Qui pouvait être cet homme ? À moins qu'il ne s'agisse pas de Lorenza. Il demanda encore :

— Cette femme parlait-elle français ?

— Pas bien... Quelques mots. Elle avait un accent qui ressemblait au vôtre.

— Avez-vous entendu son nom prononcé par son compagnon ?

— Ou... i. Je n'ai pas bien entendu... Quelque chose comme Laura... mais je peux me tromper.

— Je ne crois pas. Où sont-ils allés, en sortant d'ici ?

— Où vouliez-vous qu'ils aillent ? À la poste aux chevaux, bien sûr. L'homme disait qu'une voiture l'y attendait, une chaise de poste.

Sans rien ajouter, Balsamo termina son dîner, qu'il paya largement puis, s'enveloppant de son manteau, il ressortit sur le quai, poursuivi par les salutations empressées de l'hôte.

Chez le maître de poste, il apprit ce qu'il voulait savoir. Le coche était parti à l'heure dite, mais une seule chaise avait quitté Calais en même temps : celle d'un certain M. Duplessis, intendant de M. le comte de Prie. Une jeune femme blonde, répondant au signalement de Lorenza, l'accompagnait.

— Avez-vous un cheval pour moi ? demanda Balsamo. Je me rends à Paris.

— Il y en a quatre au choix, Monsieur, tous en bonne condition.

Quelques minutes plus tard, Balsamo quittait Calais au grand galop. La colère lui tenait lieu de chaleur. Il devinait que Lorenza avait dû rencontrer ce Duplessis sur le bateau. La beauté, l'air traqué de la jeune femme avaient sans doute fait le reste. Combien en avait-il déjà rencontré depuis son mariage, de ces hommes qui brûlaient tous du désir de protéger Lorenza ? Le plus souvent contre lui-même.

— Mais je la reprendrai, se jurait-il entre ses dents serrées, même si je dois tuer cet homme pour cela. C'est à moi et à moi seul qu'elle appartient !

Retrouver Lorenza et son ravisseur ne fut pas difficile pour Balsamo. Parmi les renseignements recueillis à la poste de Calais, l'un était particulièrement précieux : Duplessis était intendant du marquis de Prie. Trouver la noble résidence du marquis fut relativement aisé. Là, le portier ne fit pas de façons pour donner, contre une pièce d'or, l'adresse privée de l'intendant, qui avait une petite maison non loin de l'église Saint-Roch. Alors, commença pour le jeune homme une longue attente dans la nuit d'hiver.

Patiemment, il guetta le départ de l'intendant, dont un porteur d'eau lui avait fait un assez exact portrait. C'était un homme de petite taille, rond et frais, avec un visage rouge, jovial et gai. Balsamo le regarda s'éloigner puis, hardiment, alla frapper à la porte, demandant à voir : « La jeune dame étrangère que M. Duplessis a ramenée d'Angleterre. » La vieille servante qui le reçut, l'examina longuement puis, de mauvaise grâce, consentit à aller chercher Lorenza lorsqu'il lui eut affirmé qu'il était son frère.

Mais à peine la jeune femme eut-elle reconnu son époux qu'elle se sauva en poussant un cri si affreux que la vieille à son tour cria au secours, et appela non seulement le valet, mais encore les voisins. Balsamo dut s'enfuir pour ne pas être mis en pièces.

Fou de rage, il eut néanmoins la sagesse de s'éloigner, alors même qu'il rêvait d'enfoncer les portes de cette maison, et d'en arracher de force Lorenza. À cet instant précis, l'étrange amour qu'elle lui inspirait ressemblait comme un frère à la haine...

En même temps, une fièvre s'emparait de lui. Lorenza était alertée. Elle allait sûrement supplier Duplessis de l'éloigner de son actuelle retraite, de l'envoyer en province peut-être, dans un lieu où il serait presque impossible de la retrouver. Il fallait faire quelque chose, et le faire vite.

Balsamo n'hésita qu'à peine. Sa femme méritait une punition pour tout ce qu'elle lui avait fait endurer. Elle allait la subir. Et sans plus hésiter, il se rendit chez le lieutenant de police.

Le lendemain matin, Lorenza Feliciani était arrêtée dans la demeure de M. Duplessis, sous l'accusation déposée par son légitime époux de libertinage avec l'intendant. On la conduisit à la prison de Sainte-Pélagie.

C'était plus un couvent qu'une véritable prison. On y enfermait les filles à la vertu incertaine dont les familles avaient à se plaindre, et les femmes adultères. La maison tenait le milieu entre celle des Madelonnettes, réservée aux filles et femmes de l'aristocratie, et celle de la Salpêtrière, où l'on enfermait les prostituées. Lorenza n'en franchit pas moins le sévère portail avec horreur et quand, une semaine plus tard, Balsamo vint la voir, il la trouva tellement abattue par la honte et l'angoisse qu'il eut pitié d'elle.

— Il ne dépend que de toi de sortir d'ici. Tu es ma femme, Lorenza... et tu l'as oublié.

— N'as-tu pas oublié toi-même l'honnêteté, les lois les plus essentielles du Seigneur ? Tu me fais horreur, Joseph, même si cela me brise le cœur de te le dire.

— Alors, il te faut choisir entre deux horreurs, répondit calmement Balsamo, celle que je t'inspire... ou celle que tu éprouves pour cette prison...

Puis, comme Lorenza baissait la tête sans répondre, il s'approcha, colla son visage à la grille de bois qui les séparait et souffla, avec une soudaine ardeur :

— Tu ne m'aimes donc plus ? Regarde-moi, Lorenza, ose me regarder et me dire en face que tu ne m'aimes plus ? Moi, je t'aime plus que jamais.

Elle eut un petit rire triste.

— Toi ?

— Moi. Tu es mon bien, ma chose, ma plus belle œuvre d'art. Sans moi, tu ne serais qu'une chair froide, inerte et ignorante au fond d'un couvent aussi lugubre que cette prison. Je t'ai appris la vie, je t'ai appris l'amour. Es-tu lasse de l'amour, Lorenza ?...

La réponse ne fut qu'un souffle, et lentement, les grands yeux de Lorenza se levèrent, croisèrent le regard étincelant de son époux, s'y accrochèrent.

— Je t'aime toujours, Joseph, gémit-elle. Sinon, serais-je aussi malheureuse ? Cet homme que j'ai suivi, j'ai cru qu'il serait un père pour moi, mais il voulait autre chose. Si tu ne m'avais fait arrêter... je me serais enfuie. Il me rappelait Cruz-Sobral.

— Alors... tu es prête à me suivre ?

— Emmène-moi, Joseph... Je te suivrai, je le jure !

Une heure plus tard, les portes de Sainte-Pélagie s'ouvraient devant Lorenza, repentante, et à nouveau totalement soumise à son époux.

Durant quelques semaines, le couple habita une modeste auberge, située dans l'ancien enclos du Temple. L'hôte, un certain Lazare, était un homme bizarre, qui ne ressemblait à aucun des aubergistes qu'avait connus Lorenza. Silencieux et taciturne, il n'acceptait pas n'importe qui, mais quand Balsamo lui eut dit quelques mots à l'oreille, il se montra aussitôt des plus obligeants, informa même le couple qu'il pouvait demeurer chez lui aussi longtemps qu'il le voudrait.

Toute la journée, Balsamo demeurait derrière les vitres d'une fenêtre qui donnait sur la rue, examinant ceux qui arrivaient, comme s'il attendait quelqu'un, et la jeune femme se remit à trembler. Que préparait encore son mystérieux époux ? Il ne travaillait pas, il ne lui faisait part d'aucun projet, et cependant, la noire misère qu'ils avaient connue à Kent Street n'était pas revenue... Une angoisse lui venait sournoisement : Joseph était-il parti sans rien de chez sir Richard ? Leur relative aisance actuelle était-elle payée par des rubis volés ?

Un soir, elle osa poser la question, tremblant à la pensée de la colère qu'elle allait déchaîner. Mais Balsamo ne se fâcha pas.

— Non, Lorenza... C'en est fini des convoitises et des larcins où m'a conduit ma passion des pierreries. J'ai dévié du chemin qui m'était tracé, mais grâce à Dieu, ce chemin, je l'ai retrouvé.
— Comment ?
— Grâce à quelqu'un que j'ai rencontré à Londres en me lançant sur tes traces, par le plus grand des hasards d'ailleurs. Quelqu'un qui était malheureusement au loin lorsque nous sommes arrivés, sinon nous n'aurions pas connu cette misère.
— Qui était-ce ?
— Je n'ai pas le droit de le dire. Il m'a ordonné de me rendre ici et d'y attendre un message. J'attends...

Comprenant qu'il était inutile d'insister, Lorenza n'insista pas. Deux jours encore, Balsamo poursuivit sa veille patiente, jusqu'à ce qu'un petit homme vêtu de noir apparût enfin. Aucun mot ne fut échangé entre lui et Balsamo. Simplement un étrange signe des doigts. Puis le petit homme remit une lettre cachetée de cire noire, salua, et disparut aussi silencieusement qu'il était venu. Balsamo lut la lettre, se tourna vers Lorenza et sourit.

— Je sais que je suis pardonné. Nous partons à présent.
— Et nous allons ?
— À Malte !

Le Grand Maître de l'Ordre souverain de Malte était-il vraiment le père de son époux ? Ce fut la question qui hantait Lorenza durant les jours, d'ailleurs paisibles, qu'elle coula dans la grande île méditerranéenne. Elle retrouvait avec joie une vie paresseuse, à l'italienne, dans une grande maison entourée de fleurs dont la terrasse donnait sur la mer.

Elle avait aussi retrouvée la paix de l'âme. Cette belle île n'était-elle pas le fief des chevaliers-moines, une terre tout entière vouée à Dieu ? Les inquiétudes que lui avaient jusqu'à présent données les bizarres activités de son mari s'apaisaient. Il n'y avait plus de séances d'hypnotisme, plus de magie, plus de divination. Joseph, chaque jour, se rendait au palais du Grand Maître, avec lequel, disait-il, il travaillait dans un laboratoire d'alchimie. Il faisait également un peu de médecine et commençait à soigner quelques personnes, mais quand Lorenza l'avait interrogé sur ses liens éventuels de parenté avec le Grand Maître, il s'était contenté de sourire sans répondre.

Cela dura près d'un an. Puis, brusquement, une belle nuit, on quitta la maison blanche, avec une certaine hâte, mais sur l'un des navires de Malte et en compagnie du chevalier d'Acquino.

On se rendit à Naples, où Lorenza découvrit que l'on avait encore changé de nom : Balsamo et sa femme étaient maintenant le marquis et la marquise Pellegrino. Mais, pour une fois, Joseph consentit à donner quelques explications.

— Le Grand Maître m'a chargé d'une mission. Je dois chercher un homme.

— Quel homme ?

— Un mystère. C'est un homme qui connaît tous les plus grands secrets, qui détient toute la puissance dont rêve le Grand Maître Pinto. Il connaît le secret de l'éternelle jeunesse, il sait faire de l'or, transmuer les métaux, grossir et apurer les pierres précieuses. Il sait lire dans les profondeurs de l'avenir.

Vivement, Lorenza se signa, reprise par ses anciennes craintes.

— Seul, Satan a de tels pouvoirs. Qui est cet homme ?

— Qui peut le dire ? Et c'est ce qui rend ma mission difficile. En Flandres, on l'appelait le comte de Surmont, en Italie, le marquis Baletti, en Hongrie, le comte Zaraski, en Russie le comte Saltikoff, en France, le comte de Saint-Germain... On ne sait ni qui il est, ni d'où il vient. À l'entendre, il aurait connu le Christ, vécu à Rome au temps des Césars. Certains prétendent qu'il est fils d'un prince hongrois, d'autres le bâtard d'une reine d'Espagne et d'un grand seigneur. Une chose est certaine : sa grande noblesse ; car le roi Louis XV, très pointilleux sur le chapitre des titres, le recevait avec honneur et lui avait même offert le château royal de Chambord pour y travailler. C'est lui que je veux retrouver et que nous allons chercher, à travers l'Europe entière s'il le faut.

Lorenza avait écouté avec un émerveillement qui ressemblait à de l'épouvante. Elle voyait s'ouvrir, devant elle, vertigineuses, les routes sans fin de l'Europe... sans fin puisque, à son avis, l'homme que l'on cherchait, ne pouvait être qu'un fantôme. Une quête insensée, un interminable voyage commença donc tandis que de son côté, le chevalier d'Acquino, en charge de la même mission, s'embarquait sur une galère pour fouiller les Échelles du Levant.

Londres revit le couple errant. Mais cette fois, il ne s'agissait plus de misérables fugitifs nommés Balsamo, mais de riches Génois, le baron Zanone et sa femme. Puis, ce fut Édimbourg, Bruxelles, Copenhague et Amsterdam où dans une antique maison du ghetto, Balsamo trouva enfin une piste.

— Le maître des mystères a regagné l'Allemagne, où la secte des Rose-Croix, dont il est le chef, possède de nombreux adeptes, lui confia le rabbin Ha-Levi. Si tu veux le trouver, il te faut aller en Prusse ou chez le margrave de Hesse, qui se proclame son disciple.

— Acceptera-t-il de me guider vers lui ?

— Va toujours ! Si le Maître pense que tu peux le servir, il saura bien te le faire dire. Ne suis-tu pas la coutume des Rose-Croix : changer de nom en changeant de pays ? Qui es-tu à ce jour ?

— Le comte de Foenix.

— C'est bien. Poursuis ta route avec confiance. L'heure n'est pas éloignée où tu rencontreras le Maître.

Quelle main mystérieuse avait-elle guidé Balsamo jusque-là ? Il cherchait en vain à le deviner tandis que, par une sombre nuit de novembre, il grimpait péniblement un étroit chemin serpentant au flanc de l'un des sommets du Vogelsberg. Le froid était vif et une pluie pénétrante s'infiltrait jusque sous son épais manteau de cheval. Il pensait à Lorenza, demeurée dans la chaleur rassurante d'une auberge.

Il avait lu la crainte, dans le dernier regard qu'elle lui avait jeté. Ce pays étranger, ce temps lugubre, les voix mystérieuses qui avaient guidé leurs pas jusqu'au cœur du margraviat de Hesse, tout cela réveillait ses superstitions romaines, mais Balsamo savait qu'il ne pouvait plus reculer, qu'il touchait au but... Un but qu'il avait poursuivi en employant jusqu'aux pires moyens !

La silhouette fantomatique d'un vieux château à demi ruiné se dressa soudain devant lui, sinistre dans ce silence et cette obscurité. Mais sous l'ogive à demi écroulée de la porte, une torche flambait, effilochée par le courant d'air.

Le voyageur attacha son cheval à un anneau de fer rouillé qui pendait près du flambeau et s'engagea sous la voûte. Une autre torche brillait plus loin, et une autre encore auprès d'une porte basse, puissamment armée de pentures de fer, qui s'ouvrit doucement sous sa main. Devant le spectacle qu'il découvrit, Balsamo eut un haut-le-corps.

Il y avait là une grande salle toute tendue de noir autour de laquelle étaient disposées de hautes stalles de bois sombre, comme dans le chapitre d'une cathédrale. Au fond, sur un autel de pierre, une énorme rose d'or brillait au centre d'une croix de flammes. Mais le plus effrayant c'était les occupants de ces stalles. Drapés et voilés de blanc, ils semblaient autant de fantômes, immobiles, silencieux.

Balsamo pénétra lentement dans cette salle,

marcha vers l'autel. Il était parvenu à peu près à la moitié du trajet quand une voix retentit, profonde, terrifiante, répercutée par l'écho :

— Que cherches-tu ?

— Celui que l'on appelle le Maître des Mystères, répondit Balsamo d'une voix qui ne tremblait pas.

— Pourquoi ?

— J'ai un message pour lui.

— Quel est ce message ?

— Je ne le délivrerai qu'à lui-même.

— Nous sommes les Compagnons de la Rose-Croix, ses frères. Tu peux nous donner ton message.

— J'ai déjà refusé une fois.

Un murmure d'approbation courut parmi les rangs des fantômes, premier signe de vie de ces ombres blanches. Il y eut un silence, puis la voix, à nouveau, s'éleva :

— D'où viens-tu ?

— De partout et de nulle part.

— Quel est ton nom ?

— Quand j'étais enfant, mon maître Althotas m'appelait Acharat. Ensuite, à Palerme, il me confia à une famille pauvre dont je pris le nom. Je me suis appelé Joseph Balsamo. Depuis, j'ai pris d'autres noms.

— Nous les connaissons tous.

Soudain, de derrière l'autel, sortit lentement une silhouette d'homme, drapée dans un grand manteau blanc. Le nouveau venu n'était pas masqué. Balsamo put voir un visage fin, aux traits fiers, sous un grand front de penseur. Le teint était très brun, les yeux indéfinissables, mais leur regard était insoutenable même pour lui, les mains et les pieds admirables. L'homme pouvait avoir quarante ans, mais sa silhouette annonçait une force nerveuse extrêmement juvénile. Il s'avança vers Balsamo, sourit.

— Tu n'as pas tremblé, c'est bien. Je suis celui que tu cherches, celui que le roi de France appelait le comte de Saint-Germain... (Puis, s'adressant aux ombres blanches :) Mes frères, vous pouvez vous retirer. J'ai à parler avec celui-ci...

Les deux hommes attendirent en silence que les fantômes eussent quitté la salle puis, comme Balsamo s'apprêtait à accomplir sa mission, Saint-Germain l'arrêta.

— Inutile ! Je ne me rendrai pas à Malte. Je sais ce que veut le Grand Maître Pinto de Fonseca. Il s'intéresse uniquement à l'or, à la transmutation des pierres... Cela ne m'intéresse pas. Une grande œuvre m'attend en Europe. Les hommes ont soif d'une liberté dont ils n'osent même pas prononcer le nom. Ils ont soif de science, de connaissance, et surtout d'une vie meilleure. Nous, les Rose-Croix, nous sommes voués à cette tâche et toi, voici longtemps que je t'attendais.

— Moi ?

— Oui. Je sais qui tu es, mais je ne te le dirai pas. Ton premier protecteur, le cardinal Orsini, le savait aussi. Il était mon ami. Mais tu t'es perdu dans de bien sombres sentiers.

— Je le sais, fit Balsamo humblement. Je l'ai regretté.

— Il était temps. Écoute, tu peux beaucoup pour nous. Veux-tu nous servir?

Comment échapper au magnétisme de ce regard lumineux? Balsamo se sentait envahi d'une bizarre exaltation. Cet homme étrange pouvait lui demander ce qu'il voulait, sa propre vie même. Il la donnerait sans un murmure.

— Je vous servirai, mais comment?

— Tu sais de la chimie, de la médecine. Je t'apprendrai des secrets pour guérir les corps, pour envoûter les esprits. Durant un mois, tu resteras ici, auprès de moi. Déjà, tu sais comment asservir les esprits par l'hypnotisme, le voile de l'avenir se déchire parfois devant toi. Tu es un bon sujet. Je t'apprendrai plus encore.

— Mais... ma femme attend en bas.

— Laisse-la attendre. C'est une âme fraîche, mais vulgaire. La superstition l'enveloppe d'un brouillard profond. Elle peut être un danger pour toi. Il te faudra la soumettre plus que jamais à ta volonté. Sois tranquille, elle attendra. Je la ferai prévenir.

— Et au bout de ce mois, que ferai-je?

— Tu iras où je te le dirai. En Russie d'abord, pour y asseoir ta réputation. Ensuite, en France. C'est de France que doit partir la grande œuvre de Liberté.

La main fine du comte s'était posée sur l'épaule de Balsamo, à la fois amicale et pesante. C'était une main qui savait caresser et imposer sa loi. La voix chaude, si étrangement persuasive demanda encore:

— M'obéiras-tu? Il te faudra fonder des loges

maçonniques, travailler dans l'ombre, y perdre peut-être ta réputation, ta vie. Le feras-tu ?

— Je le ferai.

— Alors, suis-moi. Le temps est venu de l'enseignement qui fera de toi un homme dont les générations à venir n'oublieront plus le nom...

Saint-Germain se dirigea vers l'autel d'où il était sorti et Balsamo s'apprêtait à le suivre quand il l'arrêta soudain.

— J'ai porté tant de noms, jusqu'ici, pour obéir aux ordres que je recevais sans même savoir d'où ils venaient. Sous lequel d'entre eux dois-je passer à la postérité ? Balsamo, Pellegrino, Zanone, Foenix...

— Aucun de ceux-là ! Désormais, tu n'en porteras plus qu'un seul : tu seras le comte Alexandre de Cagliostro.

— Cagliostro ?

— C'est un nom terrible... un nom que l'on n'oublie pas. Écoute comme l'écho le renvoie bien.

Et, enflant sa voix, le Maître des Mystères envoya aux quatre horizons de l'immense salle le nom que l'Europe entière allait répéter :

— Cagliostro ! Cagliostro ! Cagliostro !...

La salle s'emplit d'un bruit de tempête...

IV

Le sorcier de la rue Saint-Claude

Le carrosse prit le pas en entrant dans la rue Saint-Claude, trop étroite pour qu'il fût possible d'y mener grand train. C'était une très belle voiture, qui sentait son grand seigneur d'une lieue, et les armoiries qui s'étalaient sur ses portières, étaient peut-être les plus nobles de France après celles du Roi, mais derrière les vitres, les mantelets de velours étaient soigneusement clos. Cocher et laquais faisaient le gros dos sous une pluie qui n'avait guère cessé depuis l'aube de ce jour de février 1785. Paris n'était plus qu'un immense marécage...

Tout au bout de la rue, à l'endroit où elle débouchait sur la promenade tracée en place de l'ancien rempart de Charles V, se dressait un hôtel de belle apparence. De hauts murs l'encerclaient, au-dessus desquels apparaissaient des branches dépouillées par l'hiver et les fenêtres des étages supérieurs. La lumière filtrait à travers les volets clos, mais aucun bruit ne se faisait entendre.

Comme le carrosse en approchait, le grand portail s'ouvrit silencieusement sans que l'on pût apercevoir la main qui le manœuvrait et l'équipage, entrant dans une cour assez vaste, s'arrêta devant les colonnes doriques de l'entrée, qui encadraient comme un tableau un élégant vestibule et le départ d'un bel escalier.

Un immense serviteur noir, vêtu d'éclatantes soies orientales, attendait là, levant un grand chandelier d'argent garni de bougies rouges.

À peine les deux laquais trempés eurent-ils ouvert la portière et baissé le marchepied qu'un homme de haute taille et d'aspect imposant, portant avec élégance le petit habit d'abbé de Cour parmi les dentelles duquel brillait la croix de Saint-Louis, s'élançait sous le porche avec un bref regard au serviteur.

— Ton maître est là ?
— Il attend Votre Éminence.

Sur le palier du premier étage, le maître de la maison attendait en effet, vêtu du col aux talons d'une longue robe de velours noir brodée de signes maçonniques. Une sorte de capuchon médiéval recouvrait ses cheveux soigneusement poudrés. Les mains dans ses manches, il s'inclina profondément devant son visiteur.

— Votre Éminence est en retard, dit-il seulement.

L'arrivant, qui n'était autre que le cardinal prince Louis de Rohan, Grand aumônier de France et évêque de Strasbourg, eut un sourire qui fit briller de très belles dents blanches.

— Je sais, mon cher Cagliostro, dit-il, mais vous devrez me pardonner. J'ai été retenu par un vicaire trop bavard.

Cagliostro ne se permit pas de sourire. Il hocha la tête, le front soucieux.

— Les femmes aiment trop Votre Éminence, et Votre Éminence aime trop les femmes. C'est dangereux.

— Allons donc, mon cher sorcier! Vous qui lisez dans les cœurs, vous savez bien que je n'en aime et n'en aimerai jamais plus qu'une seule. Me voilà donc immunisé. Tout est-il prêt?

— Tout est prêt...

Cagliostro s'effaça pour laisser passer le cardinal. Dix ans s'étaient écoulés depuis la nuit du Vogelsberg, et le comte de Cagliostro n'avait plus grand-chose de commun avec le jeune homme avide, dépourvu de scrupules et que fascinait trop aisément l'éclat des pierres brillantes. C'était un homme de savoir, un chef maçonnique, l'un de ces hommes qui subjuguent les foules et les manipulent par d'étranges moyens connus d'eux seuls. Depuis cinq ans que son carrosse noir et or avait franchi le Rhin au pont de Kehl, il avait successivement conquis Strasbourg, Bordeaux, Lyon, puis Paris. La ville et la Cour se pressaient chez le sorcier de la rue Saint-Claude et s'il n'avait jamais revu l'homme extraordinaire auprès duquel il était demeuré un mois entier, l'enseignement qu'il en avait reçu était pour toujours gravé dans son esprit, presque dans sa chair.

Il ouvrit devant son visiteur la porte d'une pièce de belle apparence, décorée avec un faste tout oriental de tapis épais et de tentures brodées d'or, mais qui ne comportait aucun meuble, à l'exception d'une table couverte d'un tapis noir, sur laquelle divers objets entouraient un globe de cristal plein d'eau pure. Devant cette table, une très jeune fille était agenouillée, rigide, les yeux clos. Elle était vêtue de blanc immaculé et ses cheveux blonds roulaient sur ses épaules.

En s'approchant, le cardinal constata qu'outre le globe, le tapis noir, brodé de signes cabalistiques rouges, supportait des bougies allumées, seul éclairage de la pièce, des figurines égyptiennes en terre, un crucifix d'ivoire et des épées nues croisées. Du geste, il désigna la jeune fille.

— C'est la vierge ? demanda-t-il à voix basse.

Le sorcier approuva :

— Oui, Monseigneur. Elle est déjà en transe comme peut le voir Votre Éminence.

En effet, relevant du doigt l'une des paupières de la jeune fille, il montra le globe de l'œil, totalement blanc. Le prince Louis approuva d'un signe de tête et murmura, d'une voix tout de même un peu altérée :

— C'est bien. Interrogez-la !

Prenant alors l'une des épées disposées sur la table, Cagliostro en frappa légèrement le cristal transparent. L'eau se troubla puis fuma. Ensuite, le sorcier posa cette épée, dont il conserva la poignée dans sa main, sur la tête de la jeune fille.

— Vous allez lire dans cette eau aussi clairement que dans un livre, dit-il d'une voix lente. Est-ce que vous m'entendez ?

— Je vous entends... (La voix de la fille était lointaine et comme désincarnée.) Je suis prête à lire. Que désirez-vous ?

— La personne qui se trouve auprès de moi a

besoin d'être éclairée. Elle est inquiète à cause de certaines nouvelles qu'elle attend. Pouvez-vous voir ce qui se prépare pour elle ?

La jeune fille tordit sur ses genoux son corps mince et porta la main à sa poitrine comme pour comprimer une violente douleur. Un peu d'écume apparut aux commissures de ses lèvres.

— Je vois un cavalier. Il vient de franchir la barrière du Roule... il descend le faubourg Saint-Honoré... il semble si pressé qu'il vole presque... Oh ! Je vois une lettre qu'il porte sur sa poitrine... c'est à cause d'elle qu'il court si vite...

— D'où vient ce cavalier ?

— De... de Versailles. Il est trempé de pluie, mais il a ordre de faire vite. Je le vois toujours... il passe le Palais-Royal... Il prend une petite rue... Attendez ! Je lis... rue... Vieille-du-Temple. Il arrive devant un magnifique hôtel.

— Il doit y avoir quelque chose d'écrit sur le portail de cet hôtel. Lisez, je le veux !

La voix hésita puis articula, lentement :

— Hôtel... de... Strasbourg.

Le cardinal étouffa une exclamation et saisit vivement la main de Cagliostro.

— Cette lettre... commença-t-il.

Mais déjà, la jeune fille poursuivait :

— ... Le cavalier frappe au portail. On ouvre... Il remet la lettre à un portier...

— Qui a écrit cette lettre ?

La voyante gémit douloureusement, se tordit les mains :

— Je vois mal... Je crois que c'est une femme..

— La signature !... Lisez-la... au moins le début ! Allons lisez !

— Vous me faites mal ! Oh, comme vous me faites mal !... Je vais lire... C'est difficile ! Attendez... Marie... Marie-Ant...

— Assez !

C'était le cardinal qui avait crié. Sous le choc de ce cri, la jeune fille s'écroula, en proie à une violente convulsion. Cagliostro se précipita vers elle.

— Vous risquez de la tuer, Monseigneur, reprocha-t-il. On ne doit jamais interrompre brutalement une transe. Je crains que, pour ce soir...

Mais le cardinal, radieux, n'écoutait pas.

— J'en sais assez. Merci, mon ami. Je vous quitte dans l'instant.

— Mais... notre expérience de transmutation ?

— Une autre fois. Plus tard. Ceci est trop important. À bientôt. Vous avez toute ma gratitude.

Et, comme s'il eût été seulement un jeune abbé, le Grand aumônier de France s'enroula dans son manteau et dégringola l'escalier après avoir vigoureusement claqué la porte derrière lui. Immobile, un énigmatique sourire aux lèvres, Cagliostro écouta le grondement du carrosse qui franchissait le portail à vive allure puis se perdait dans le lointain. Il lâcha la tête, enleva dans ses bras la jeune fille, à présent inerte, et alla la déposer sur le canapé d'un petit salon attenant. À l'appel de la sonnette, le serviteur noir apparut.

— Préviens Madame de la Motte que l'expérience est terminée, Alcandre, puis reviens soigner cette enfant.

— Madame la comtesse attend déjà Monsieur le comte dans le salon de magie.

— J'aurais juré qu'elle écouterait aux portes, fit le mage avec un sourire sarcastique.

Dans le salon maintenant vide, une jeune femme de vingt-huit ou vingt-neuf ans attendait. Elle était grande, bien faite et fort élégante, portant avec assurance, sur une énorme perruque poudrée, l'un de ces absurdes chapeaux surchargés d'ornements alors à la mode. Dans son mince visage, qui eût été ravissant sans certaine expression de ruse déplaisante, les yeux bleus brillaient d'un feu dangereux. Mais pour le moment, la belle comtesse semblait rêveuse.

— Je finirai par croire que ma nièce possède vraiment le don de voyance, dit-elle lentement.

Cagliostro haussa les épaules.

— Le don passe en elle suivant ma volonté, parce qu'elle est vierge et totalement pure. Là est tout le secret...

— Tout de même ! Qu'elle ait pu lire dans ce cristal ce que je croyais être seule à savoir, c'est-à-dire que notre cardinal recevrait ce soir un billet... venu de haut, c'est tout bonnement extraordinaire. Il y a des jours où tu me fais peur, Alexandre...

Il haussa de nouveau les épaules et alla enfermer le globe de cristal dans un coffre qu'il ferma au moyen d'une petite clé d'or pendue à son cou.

— Bien des choses au monde sont extraordinaires, et cependant, nous y prêtons à peine attention. Toi aussi, tu me fais peur, Jeanne. Tu ne sais pas où tu vas, mais tu y vas très vite... trop vite !

— Bah ! Je vais vers la fortune, tout simplement, ce qui n'est que justice quand on est née Valois, même de branche bâtarde, et que l'on a ma tournure. Ce cher cardinal doit réparer l'injustice d'un destin qui m'a fait naître pauvre, et d'ailleurs, il y trouve son compte. Sans moi, il ne peut espérer obtenir auprès de la Reine la place qu'il ambitionne !

— Et avec toi, il le peut ?

— La Reine m'honore de son amitié, tu le sais fort bien. Pour toi aussi, je peux beaucoup... si tu le veux !

Cagliostro se mit à rire. Il enleva sa robe de nécromant et apparut dans un extraordinaire habit de taffetas bleu galonné d'or sur toutes les coutures. Les années et le besoin de se faire remarquer lui avaient donné une élégance ostentatoire frisant parfois le mauvais goût.

— Ne t'occupe pas de moi, s'il te plaît, dit-il. Quant à la Reine, peut-être aurais-je envie de vérifier tes dires s'il n'entrait dans mes plans que les choses demeurent ce qu'elles sont et aillent jusqu'où elles doivent aller, c'est-à-dire très loin.

La comtesse s'approcha de Cagliostro avec un sourire anxieux.

— Je ne confie rien de mes plans, ni de mes projets. Que peux-tu savoir ?

— Que Boehmer et Bassange, les joailliers de la Couronne, ont à vendre un fantastique collier de diamants, destiné jadis à la Du Barry, que la Reine a eu envie de ce collier et l'a refusé à cause de son prix... et que le cardinal est très riche.

La foudre tombant aux pieds de la comtesse ne

l'eût pas pétrifiée davantage. Elle devint blanche jusqu'aux lèvres.

— Tu es Satan lui-même, Alexandre ! Si tu sais cela, tu peux mesurer l'étendue de mon pouvoir. Mais au moins, si le besoin s'en faisait sentir, m'aiderais-tu ? Au moins d'un avis ?

— Non, Jeanne. Je te l'ai dit : je veux que les choses aillent jusqu'au bout. Pourtant, aujourd'hui, et pour la dernière fois, je vais te donner un conseil : méfie-toi de deux choses : l'état exact de la fortune du cardinal et l'orgueil de la Reine. Un orgueil dont tu as dû apprendre à te méfier, puisqu'elle est ton amie.

— Naturellement. Pourquoi te mentirais-je ? fit la comtesse un peu trop nerveusement, tandis que le sourire de Cagliostro se faisait plus acéré.

— Ce serait stupide. Pourtant, n'oublie pas mes paroles : crains son orgueil et la date du 15 août !

Sans répondre, la comtesse se leva.

— Fais avancer ma chaise. Je rentre. Et vois si ma nièce est prête, je te prie. Il faut que je parte.

— Déjà ? Pourquoi si tôt ?

Elle haussa les épaules et jeta un vif regard vers les étages supérieurs.

— Et pourquoi pas ? Ta femme est là, n'est-ce pas ?

Dans sa chambre, juste au-dessus du salon où se déroulait cette curieuse conversation, Lorenza demeurait prostrée sur une chauffeuse, au coin du feu. Elle se sentait glacée jusqu'à l'âme. Les années passées depuis l'étrange absence de Joseph, en Hesse, avaient glissé sur elle sans laisser de traces. À plus de trente ans, elle conservait l'éclat, la fraîcheur d'une jeune fille. Cette beauté sans faille était l'un des atouts majeurs de son époux. Il suffisait de regarder la femme pour être persuadé des pouvoirs quasi divins du mari.

Mais cette éblouissante beauté conservée en dépit du temps était devenue presque une charge pour Lorenza, rebaptisée Seraphina pour que rien ne vînt rappeler les Balsamo. Entre elle et son époux, le fossé s'était élargi, hérissé de haine, de jalousie mal contenue, de rancune mal cachée, de crainte superstitieuse aussi. L'amour d'antan n'était plus qu'amertume, chaque jour accrue par les visites des nombreuses femmes qui se ruaient chez l'homme à la mode, prêtes à tous les abandons pour obtenir ses secrets.

Que de temps écoulé depuis l'Allemagne, et que de pays ! La Courlande, la Pologne, Saint-Pétersbourg, où la Grande Catherine leur avait réservé un accueil flatteur, puis à nouveau Varsovie et enfin Strasbourg. Là, le cardinal de Rohan, épris de sciences occultes, leur avait offert la somptueuse hospitalité de son palais de Saverne. Là, ils avaient rencontré pour la première fois cette comtesse de La Motte, qui se disait Valois, et son complaisant mari. Tout de suite, Lorenza avait haï cette femme en qui elle devinait une âme tortueuse, mais Joseph avait manifesté un vif intérêt pour la belle Jeanne. Des scènes avaient éclaté, vite matées par le pouvoir hypnotique que Cagliostro, plus puissant que jamais, conservait sur sa femme, puis calmées lorsque les La Motte avaient quitté Strasbourg. Mais un an à peine après leur départ, Cagliostro les avait suivis à Paris, emmené par le cardinal, qui souhaitait procurer ses soins au vieux maréchal de Soubise, son parent. Lui-même n'avait-il pas été guéri d'un asthme tenace par « son cher sorcier » ? Mais ce n'avait été qu'une courte visite, car d'autres tâches attendaient le mage, singulièrement la création de loges maçonniques dans de grandes villes françaises.

En outre, la science médicale de Cagliostro était réelle. Les malades étaient rapidement guéris grâce à trois recettes mystérieuses dont Lorenza elle-même ignorait le secret : des bains, une tisane et enfin un liquide incolore que l'on nommait l'élixir de vie. Où Joseph s'était-il procuré ces secrets ? Lorenza l'ignorait, bien qu'elle soupçonnât l'homme mystérieux qu'elle avait cherché avec lui dans toute l'Europe. Sans d'ailleurs se mêler d'approfondir, car avec les années, elle s'accrochait de plus en plus désespérément à son étroite piété de Romaine, et tremblait devant les flammes d'un enfer qu'elle croyait prêt à s'ouvrir à chaque instant sous ses pas et ceux de son mari.

Le bruit de la porte charretière grinçant sur ses gonds la tira de sa torpeur. Elle marcha vers la fenêtre. Une chaise à porteurs s'en allait, emportant Mme de La Motte et sa nièce. La pluie avait cessé. Les domestiques fermaient l'hôtel. Joseph devait être seul, à présent...

Rassemblant d'une main les plis de sa robe de satin feuille-morte, Lorenza se dirigea vers un petit escalier dérobé qui, dans l'épaisseur de la muraille, descendait directement vers les salons.

Dans son cabinet de travail, bizarre pièce tenant de la bibliothèque et du laboratoire, Cagliostro était occupé à changer son habit bleu contre un sobre habit de drap noir, lorsque sa femme apparut. Dans la glace, il la vit venir et lui sourit.

— J'allais monter chez toi. Je dois partir.

Il allait à elle, l'embrassait tendrement, mais la chaleur du baiser laissa Lorenza de glace.

— Cette femme est enfin partie, dit-elle durement.

Cagliostro soupira.

— Cesse donc d'être jalouse d'elle, Lorenza. Je te jure que tu n'en as aucune raison.

— Elle est ta maîtresse. Du moins, elle l'a été. C'est assez, il me semble.

— C'est surtout ridicule. Je te répète depuis des années que j'ai besoin d'elle. Elle n'est qu'un pion sur mon échiquier, mais un pion important.

— Tu dis cela... mais tu mens, une fois de plus.

Cagliostro regarda sa femme avec désespoir. Elle était devenue si dure, si fermée. Le temps de l'amour était bien passé pour elle, mais pour lui, il était encore au plus chaud de son épanouissement. Il était fier d'elle, de cette merveilleuse beauté qu'elle conservait si bien et dont il avait fini par s'éprendre passionnément. Le temps était loin maintenant des complaisances qu'il exigeait d'elle, et quand le souvenir lui en venait, le rouge de la honte montait au front de l'homme étrange, indéchiffrable qu'il était devenu. À mesure qu'elle s'éloignait de lui, il cherchait plus ardemment à l'atteindre, désespéré de sentir qu'il était sans doute trop tard... Son pouvoir magnétique était le seul qu'il conservât sur elle, et il tremblait à chaque instant, que ce pouvoir lui fût retiré.

— Je te jure que je ne l'aime pas, dit-il d'un ton las, que je ne l'ai jamais aimée et que je n'aime que toi ; toi qui refuses de comprendre qu'enfin nous allons peut-être atteindre au bonheur, à la paix. Encore un peu de temps, et notre fortune sera définitivement assurée, ma mission remplie.

Lorenza éclata d'un rire sec.

— Ta mission ? Ah, oui ! détruire la monarchie en France, comme d'autres tentent de le faire ailleurs. Crois-tu sérieusement y parvenir ?

— Les loges maçonniques fondées par moi se multiplient. Tu ne l'ignores pas, puisque tu as bien voulu diriger toi-même une loge féminine. À regret, je le sais, mais tu l'as fait. Les idées vont leur chemin, et les hommes s'assemblent qui porteront le fer dans le vieil édifice de la monarchie. Mais c'est cette femme, tu entends, cette misérable créature gangrenée, pourrie jusqu'à la moelle, qui lui portera le coup le plus rude... et avant qu'il soit longtemps. Il me faudrait des années pour accomplir ce qu'elle va faire. Dans quelques mois seulement...

Le noir regard du sorcier semblait chercher dans les flammes de la cheminée la succession des images qui se levaient dans son esprit et que lui seul pouvait voir. À cette minute, il revêtit une sorte de grandeur prophétique, un aspect à la fois si redoutable et si mystérieux que Lorenza se signa précipitamment, à plusieurs reprises.

— J'ignore d'où tu tires ce pouvoir de dévoiler l'avenir et je ne veux pas le savoir, mais je crois que tu as vendu ton âme au Diable, Joseph, et que tu seras damné !

— Satan est-il le seul qui puisse permettre à un homme de lire dans l'avenir ? La connaissance profonde du cœur humain et l'observation des événements permettent déjà de deviner bien des choses. Je ne suis pas le Diable, Lorenza... et pour toi, j'aimerais n'être qu'un homme, simplement ton mari !

— J'ai eu un mari que j'aimais, tu l'as tué.

Brusquement, Cagliostro saisit les poignets de Lorenza.

— Je peux peut-être le ressusciter, murmura-t-il. Ne sais-tu pas que je peux évoquer les morts ? Si je te rendais ton mari, Lorenza, ce Joseph Balsamo que tu aimais tant ?... et qui cependant ne valait pas cher.

Avec un cri désespéré, elle s'arracha de ses mains, se réfugia au fond de la pièce, les deux mains sur les oreilles, saisie d'épouvante.

— Tais-toi, je ne veux plus t'entendre, tu es un impie !

Cagliostro se détourna avec un soupir résigné, saisit sur un siège une grande cape noire qu'il jeta sur ses épaules.

— Remonte chez toi, Lorenza, et tâche de dormir, tu en as besoin. Moi je vais à la Loge égyptienne. Nous y recevons cette nuit de nouveaux récipiendaires, dont un très grand seigneur. Je rentrerai tard. Bonne nuit.

Lorenza voulut protester, mais soudain,

Cagliostro tendit le bras vers elle, dirigeant deux doigts vers le front pâle de la jeune femme.

— Dors ! ordonna-t-il d'une voix forte. Dors, je le veux !... Va dans ta chambre. Tu ne te réveilleras qu'au jour levé.

La jeune femme oscilla sur ses jambes, battit l'air de ses mains comme si elle cherchait un appui, un secours. Puis ses traits se détendirent, ses yeux se fermèrent et elle sourit. Tournant doucement sur elle-même, elle se dirigea d'un pas d'automate vers l'escalier.

Cagliostro la regarda monter. Quand elle eut disparu, il poussa un profond soupir.

— Le bonheur n'est pas pour toi, Acharat. Contente-toi du pouvoir sur les hommes et prie pour que te soit épargnée la haine de la seule femme que tu aies aimée.

Quelques instants plus tard, le sorcier de la rue Saint-Claude s'enfonçait rapidement dans l'obscurité du Paris nocturne...

V

Le collier de la Reine

Au soir du 27 mars 1785, tandis que la foule joyeuse battait les grilles du palais de Versailles illuminé, que l'on chantait et dansait dans les rues, que les pièces des feux d'artifice incendiaient le ciel et que le canon tonnait sans cesse en l'honneur de la naissance de Monseigneur le duc de Normandie, qui serait plus tard le Dauphin, le roi Louis XVI recevait, dans son cabinet soigneusement clos, son ministre Calonne et son lieutenant de police Lenoir.

Malgré la joie de cette grande journée, le Roi paraissait fort mécontent. Il arpentait nerveusement la grande pièce, écrasant de son talon rouge le superbe tapis de la Savonnerie, et de temps en temps, revenait vers son bureau pour assener un coup de poing à un dossier grand ouvert.

— La mesure est comble, Monsieur le lieutenant de police. Les charlataneries de ce Cagliostro n'ont plus de bornes. Il est urgent d'y mettre bon ordre. Passe encore pour ces bizarres dîners qu'il donne dans sa maison de la rue Saint-Claude et au cours desquels les vivants dînent avec des morts, à ce que l'on affirme...

— Parfaitement exact, intervint Calonne. La comtesse de Briars, fort amie de ma femme, prétend avoir dîné chez lui avec Voltaire, d'Alembert, Diderot et Montesquieu. Le marquis de Ségur jure qu'il a eu l'honneur de rencontrer Jeanne d'Arc, et même l'empereur Charlemagne.

Le Roi devint rouge d'indignation et foudroya son ministre d'un regard fort impérieux pour un souverain débonnaire.

— Madame de Briars est une vieille folle, qui ne jure plus que par ce charlatan depuis qu'il lui a enlevé quelques rhumatismes. Mais j'avoue que je croyais au marquis de Ségur un sens plus rassis ! Jeanne d'Arc. Je vous demande un peu ! Il faut que cet homme les ait suggestionnés, hypnotisés, endormis, que sais-je ?

— Ou simplement qu'il ait des comparses fort adroits, fit tranquillement Calonne. Il paraît qu'il est absolument interdit de toucher les convives-revenants, même du bout des doigts.

— Ceci n'est pas bien grave, à tout prendre, intervint Lenoir. J'aime beaucoup moins la loge maçonnique, de rite égyptien, que ce Cagliostro a créée. Le duc de Luxembourg en est l'un des dignitaires, et Cagliostro y porte le titre de Grand Cophte...

— Des mômeries, rien que des mômeries ! coupa le Roi, mais cette loge féminine d'Isis est proprement scandaleuse.

— Ah oui ? fit le ministre, qui n'avait pas assisté

au début de l'entretien entre le Roi et le lieutenant de police. De quoi s'agit-il donc ?

— D'une loge réservée aux dames, dont la première séance, dite d'initiation, s'est tenue ces jours-ci. Or, cette initiation comportait certaines choses qui... que...

— En un mot, coupa brutalement Louis XVI, ces dames ont dû faire la preuve de leur résistance aux sollicitations masculines dans les bosquets d'un jardin, puis se dévêtir entièrement pour recevoir le « baiser de l'amitié » dans la pureté et l'innocence originelles...

Un éclat de rire, vite réprimé, échappa à Calonne. Le Roi fulmina aussitôt :

— Vous trouvez cela drôle ? Songez au scandale. Et que dira la Reine ?

— Évitons de le lui dire, dit le ministre en faisant un effort méritoire pour reprendre son sérieux. Et Sire, je supplie Votre Majesté de me pardonner, mais le drôle me paraît posséder une imagination débordante...

— Vous aussi, Monsieur, à ce qu'il paraît. En tout cas, retenez tous deux que j'interdis à l'avenir ce genre de... manifestations. Pour aujourd'hui, en l'honneur de la naissance de notre fils, nous ne poursuivrons pas le... Grand Cophte, mais qu'il se tienne tranquille ! Le bonsoir, Messieurs...

Les mains au dos, Louis XVI sortit de son cabinet à pas rapides, salué profondément par les deux hommes. Le lendemain, Cagliostro s'entendait signifier l'ordre de fermer la loge féminine, sous peine des pires ennuis, et de veiller à ce que sa loge masculine ne fit point trop parler d'elle. Mais il reçut ces commandements avec un énigmatique sourire.

— Quand une lourde machine est lancée sur une pente abrupte, celui qui voudrait tenter de l'arrêter ne peut espérer qu'être broyé par elle...

Sa machine à lui était bien lancée. Même s'il le voulait, il ne pourrait plus l'arrêter.

Quelque temps après, passant à pied dans la rue Neuve-Saint-Gilles, proche de sa demeure, Cagliostro vit que cette rue, étroite et encaissée, était fort perturbée par une grande berline de voyage qui en tenait toute la largeur. Le toit et l'arrière du véhicule débordaient de caisses, de cartons et de nombreux bagages. La berline était arrêtée juste devant la maison de la comtesse de La Motte et des serviteurs descendaient continuellement, chargés d'autres colis que l'on empilait dans un fourgon rangé derrière la voiture. On apportait même les meubles.

Un éclair de joie maligne dans les yeux, le sorcier s'arrêta et, mêlé aux badauds, regarda. Au bout d'un moment, il vit apparaître les La Motte, mari et femme, et s'élança vers eux. Ils étaient en costume de voyage.

— Vous partez donc? fit-il en se découvrant pour saluer Jeanne et son mari.

Ils sourirent avec un bel ensemble, cachant mal la contrariété que leur causait la rencontre.

— Mon Dieu, oui, répondit Jeanne en détournant les yeux pour éviter le regard dangereux de son ancien amant. On étouffe dans ces rues étroites. Ces premiers jours d'août sont torrides. Nous allons chercher l'air pur dans notre maison de Bar-sur-Aube.

— Vous n'allez qu'à Bar ? Avec tout ce déménagement ? J'aurais cru que vous passiez au moins la frontière, et je me suis inquiété. Après tout, la route de Bruxelles peut passer par Bar...

Jeanne se mordit les lèvres. Son mari crut bon de venir à son secours.

— La comtesse se sent lasse ces temps-ci, fit-il avec son rire niais habituel. Elle a besoin de repos.

— Bien entendu. Et puis votre région est charmante. Il y fera bien meilleur qu'à Paris... surtout pour les fêtes du 15 août.

La comtesse pâlit au rappel de la date que le sorcier lui avait déclarée fatidique, mais elle surmonta son émotion, releva fièrement le menton et s'apprêta à monter en voiture. Galant, Cagliostro lui offrit la main.

— Vous avez là une admirable voiture. À ce que je vois, la fortune s'est enfin décidée à vous sourire. La Reine, sans doute ?

Le regard vipérin que lui lança Jeanne le fit sourire. Il se pencha, baisa doucement le bout des doigts qu'il tenait toujours.

— Bon voyage, ma chère. Je voudrais que vous nous reveniez bientôt, mais sur votre mine, je vous conseillerais les eaux de Spa, ou de Baden. Les eaux françaises vous sont contre-indiquées.

— Je ne pense pas. De toute façon, je compte rester quelque temps sur mes terres.

— Bah. Les hommes proposent et Dieu dispose. Je crois, moi, que Paris vous reverra avant longtemps... à moins que vous n'alliez vous soigner à l'étranger...

— Il n'en est pas question ! Et je n'en ai pas besoin. Bar-sur-Aube me suffira...

Cagliostro s'inclina. Il recula pour laisser partir la voiture au fond de laquelle Jeanne avait disparu. Tandis que le lourd véhicule s'ébranlait avec un bruit de tonnerre, il haussa les épaules, et murmura, méprisant :

— Va, cours, fuis si tu veux ! L'orage éclatera et quoi que tu en penses, il saura bien te rattraper. La simarre pourpre du cardinal est faite de soie fragile, tu ne pourras pas t'y cacher.

Tout en regagnant lentement sa maison, il se dit que Jeanne était réellement beaucoup moins belle que Lorenza, surtout lorsqu'elle avait peur comme à présent. Quant à lui-même, il savait que sa tâche était accomplie, que les graines de la colère et de la révolte étaient semées en de bons terrains. Peut-être serait-il secoué par la tempête qu'il avait si soigneusement préparée, mais quoi qu'il pût lui arriver, il était conscient d'avoir rempli sa mission. Restait à tenter de protéger ce qu'il restait de son amour.

L'orage éclata à la date prévue par Cagliostro. Le 15 août 1785, se déclencha le drame que l'Histoire allait connaître sous le nom d'Affaire du Collier de la Reine. Marie-Antoinette, bien qu'innocente, y laisserait une partie de son honneur, le trône une part de son équilibre. On connaît les faits : la comtesse de La Motte, se donnant pour amie de la

Reine, avait persuadé le cardinal de Rohan, dont elle avait été la maîtresse, d'acheter, à l'insu du Roi, le fabuleux collier de diamants créé à l'intention de la Du Barry et que Marie-Antoinette, choquée par son prix de 1 600 000 livres, avait refusé[1]. La Reine, lui dit-elle, s'engageait à rembourser le collier par traites, de six mois en six mois. Le cardinal devait seulement prêter son nom à l'affaire, acheter officiellement.

Depuis longtemps, Louis de Rohan était passionnément, éperdument amoureux de la Reine. Amoureux sans grand espoir malgré son charme personnel : la Reine le traitait plutôt mal. Rentrer en grâce était donc son plus cher désir et cette « amie de la Reine », qui s'offrait à l'aider, lui fut bientôt plus chère, plus précieuse que tout. Il était prêt à la croire aveuglément. Elle avait tant de charme, la jolie Jeanne !

De fausses lettres de Marie-Antoinette, écrites par l'amant en titre de Mme de La Motte, firent du cardinal l'esclave de Jeanne. Bien plus : elle lui procura, une nuit, dans le parc de Versailles, une entrevue avec une femme qu'il prit pour la Reine. En fait, un sosie vêtu d'une de ses robes, une fille de joie du Palais-Royal nommée Nicole d'Oliva. Dès lors, Rohan, fou de bonheur, accepta tout les yeux fermés. Le collier fut acheté par lui (à crédit, puisque la Reine devait payer tous les six mois), qui le remit à Jeanne. Celle-ci, sous les yeux de sa vic-

---

1. Le même collier coûterait, à l'heure actuelle plus de 4 500 000 euros. Estimation Linz Bros-Londres.

time, confia le joyau à un prétendu émissaire de la Reine. En fait, elle gardait le collier, qu'elle démonta, et dont son époux entreprit de vendre des morceaux à Londres.

Elle imaginait que lorsque le cardinal s'apercevrait qu'il avait été dupé, il se hâterait de payer les 1 600 000 livres du collier plutôt que de déchaîner un énorme scandale et d'avouer son ahurissante crédulité. Mais elle comptait sans les joailliers qui, voyant leur première traite demeurer impayée et constatant que la Reine n'avait pas encore porté le fameux collier, allèrent tout droit à Versailles au lieu de se rendre chez le cardinal. Ils obtinrent audience de la Reine, qui bien entendu tomba des nues, puis, réalisant à demi ce qui s'était passé, entra dans une violente colère, encore alimentée par la haine, incompréhensible d'ailleurs, qu'elle portait au cardinal-prince.

Après une scène orageuse dans le cabinet du Roi, alors que le cardinal en grand habit sacerdotal se rendait à la chapelle pour célébrer la messe de l'Assomption, un ordre insensé, qui avait été dicté à la Reine par un total manque de discernement, retentit :

— Arrêtez Monsieur le Cardinal !

Le scandale fut énorme. Rohan se laissa arrêter avec une grande dignité et prit même le temps d'envoyer un courrier à Paris pour faire brûler certaines lettres, qu'il tenait jusque-là pour son bien le plus précieux. Il voulait protéger la Reine, au prix de sa propre sécurité. Elle l'en remercia en le traitant d'escroc et de voleur.

Peu de temps après, Mme de La Motte était arrêtée à Bar-sur-Aube (le comte était reparti pour Londres), le faussaire Réteau de Villette, auteur de la correspondance avec la Reine, en Italie, et aussi Oliva, la fille qui ressemblait à la Reine. Mais ce que n'avait pas prévu Cagliostro, c'était que la comtesse de La Motte, folle de rage en constatant qu'il avait deviné si juste, allait le dénoncer comme l'instigateur du complot prétendument fomenté par le cardinal. Le 23 août, l'exempt des Brunières se présentait rue Saint-Claude, armé de toutes pièces et escorté de huit soldats, mettait sa maison au pillage pour découvrir des preuves de trahison et, après lui avoir déclaré :

— Au nom du Roi, je vous arrête !..., le traînait avec Lorenza à la Bastille.

Le temps était venu pour Cagliostro de commencer à payer le prix de ses agissements.

Neuf mois plus tard, le 1er juin 1786, Cagliostro et Lorenza se retrouvaient seuls, face à face, dans le grand salon dévasté de leur maison. Au-dehors, la foule qui avait ramené le sorcier en triomphe depuis le Palais de Justice (Lorenza avait été libérée et mise hors de cause quelque temps auparavant) continuait de les acclamer, mais eux, à bout de forces, se reconnaissaient à peine. L'épreuve avait été cruelle et, en contemplant cet homme bouffi aux traits creusés, aux yeux las, Lorenza sentait une étrange pitié envahir son cœur. Elle éprouvait aussi une chaleur inconnue depuis de longs mois.

La veille, les soixante-quatre magistrats du Parlement, réunis à six heures du matin dans l'antique salle Saint-Louis, avaient rendu leur jugement. Ils acquittaient le cardinal de Rohan, Cagliostro et la jeune d'Oliva, condamnaient le comte de La Motte et Réteau de Villette aux galères. Quant à la belle comtesse, elle devait être publiquement fouettée, nue, marquée au fer rouge sur les deux épaules du V des voleurs, puis internée à vie à la Salpêtrière[1].

La foule avait acclamé les libérés. Elle les avait portés en triomphe, ramenés chez eux sous des fleurs jetées par brassées. Maintenant qu'elle se retirait, les deux époux pouvaient mesurer ensemble l'étendue des ravages qu'ils avaient subis.

Silencieusement, ils passèrent d'une pièce à l'autre, touchant les meubles éventrés, les tentures arrachées. Et comme une larme montait encore aux yeux de Lorenza, Cagliostro s'efforça de sourire.

— Ce n'est pas grave. Tout ceci sera vite réparé. Maintenant, je te le jure, nous ne vivrons plus que pour nous-mêmes.

Lorenza, désabusée, haussa les épaules.

— Qu'y a-t-il de changé ? Tout est comme par le passé. Tu es même plus populaire encore... Nous vivrons pour les autres, pour l'argent.

Doucement, le sorcier vint poser ses mains sur les épaules de la jeune femme.

— Non. Le char est lancé maintenant et je n'ai plus qu'à le laisser rouler. Les Loges ne me verront plus. La monarchie va vers son tombeau, mon rôle ici est terminé. Nous pouvons nous contenter d'y

---

1. D'où elle devait s'évader peu après, avec une étrange facilité.

vivre. Ne serait-il pas temps de ressusciter ce mari que tu regrettais tant, voici quelques mois ? Si tu voulais, Lorenza, nous pourrions encore être heureux.

Elle releva vers lui des yeux incertains. Pour la première fois depuis longtemps, il lui semblait sincère. Il y avait dans son regard, une ardeur, une tendresse qui lui rendait confiance parce que, depuis longtemps, elle avait refusé de la voir. Il est vrai qu'il avait toujours été si dur, si cruellement cynique !

— J'ai peur que toi non plus, tu ne puisses plus t'arrêter, Joseph. Tu es pris dans un engrenage maudit qui te détruira. On ne peut impunément braver Dieu. Tôt ou tard, il aura son heure...

— Si je l'attends près de toi, elle ne me fera pas peur. Et puis... tu me convertiras peut-être. Nous allons être si tranquilles, si heureux ici, tous les deux...

Un nuage passa sur les yeux clairs de Lorenza. Son regard s'en alla tout à coup au loin, au-delà des murs de cette maison qu'elle avait détestée. C'était le regard même qu'elle avait lorsque Cagliostro l'obligeait à dormir pour forcer les brumes de l'avenir et des distances.

— Nous n'en aurons pas le temps, Joseph. Il y a encore des chemins devant nous, d'interminables chemins.

En effet, le 13 juin au matin, le poing de l'exempt des Brunières ébranlait à nouveau la porte de la rue Saint-Claude. Il portait un parchemin revêtu du sceau royal : l'ordre pour Cagliostro et sa femme de quitter Paris dans les quarante-huit heures, la France dans les trois semaines...

— Je l'avais bien dit, murmura Lorenza. Nous n'aurons pas le temps de bâtir un bonheur ici.

En silence, Cagliostro relut lentement le parchemin, puis le roula, le rendit à l'exempt.

— Dites au Roi qu'il sera obéi.

Puis, se tournant vers Lorenza, il lui ouvrit les bras avec un tendre sourire.

— ... Nous serons heureux ailleurs. Le monde est immense autour de nous, et si la France nous chasse, il est cent pays qui nous accueilleront. Il suffit de vouloir, vraiment, ardemment, être heureux. Le veux-tu ?

Doucement, sous les yeux ahuris de l'exempt qui n'avait jamais vu d'exilés si accommodants, Lorenza vint se blottir dans les bras de son époux.

— Je veux bien essayer. Partons, Joseph... Tu as raison. Quittons vite cette maison. J'y ai trop pleuré.

Le soir même, une chaise de poste les emportait vers Calais. La vie errante reprenait, mais, persuadée qu'elle allait enfin trouver le bonheur, Lorenza l'envisageait sans terreur.

Mais on n'échappe pas à son destin... À peine arrivé à Londres, où il s'était aussitôt rendu, Cagliostro reçut l'un de ces mystérieux émissaires qui avaient toujours jalonné sa vie. Il avait espéré pouvoir vivre comme un simple particulier, oubliant la politique. Il n'en avait pas le droit.

De Londres, le Grand Cophte et sa femme gagnèrent la Suisse. À Bienne, le peintre Lautherbourg leur offrit l'hospitalité tandis que Cagliostro propageait la bonne parole. Mais la femme du peintre était beaucoup trop jolie et Lautherbourg presque aussi jaloux que Lorenza. Afin d'éviter une sanglante bagarre, les éternels errants reprirent la route, vers Aix-les-Bains, alors en territoire sarde, puis vers Turin, Roveredo et Trente. Partout, Cagliostro fondait ses fameuses loges maçonniques, dont le principal souci était de saper l'ordre établi et les principes religieux.

Et de partout, tôt ou tard, ils étaient expulsés. C'est alors que Lorenza, chez qui l'espoir de bonheur s'était peu à peu éteint, avait pour la première fois manifesté sa volonté. Comme Joseph proposait de gagner l'Autriche, elle s'insurgea :

— Nous irons à Rome, fit-elle calmement. À Rome et nulle part ailleurs.

— Tu es folle ? Aller à Rome, c'est se jeter dans la gueule du loup. Crois-tu que le Saint-Office me verra d'un bon œil prêcher la liberté de penser ? Tu veux m'entraîner dans la forteresse même des principes contre lesquels je lutte ?

— Ce sera Rome ou rien d'autre ! Si tu décides d'aller ailleurs, je ne te suivrai pas, Joseph. Je suis lasse de cette existence. Et si tu le veux vraiment, à Rome, tu seras aussi en sûreté que partout ailleurs. Il te suffira de te tenir tranquille.

— Tu me quitterais ? Toi, Lorenza...

Elle soutint le regard qui l'avait si longtemps fait trembler.

— Sans hésiter ! Tu m'entraînes à la damnation,

Joseph, je ne veux plus t'y suivre. Ou tu me ramèneras chez moi ou tu continueras seul.

Cagliostro baissa la tête. Malgré les vicissitudes subies ensemble, les scènes violentes, les rebuffades, il était plus que jamais attaché à Lorenza, et l'âge qui commençait à alourdir ses épaules faisait de cet amour une passion jalouse et exclusive, presque maladive. Il y avait maintenant trois ans qu'ils avaient fui Paris, et le bonheur promis n'était toujours pas là. S'il voulait la garder encore, il fallait que pour une fois, il obéît à la volonté de Lorenza... quel que pût être le prix qu'il lui faudrait payer.

— Nous irons à Rome, accepta-t-il enfin. Je ferai ce que tu me demandes.

Il faudrait bien que la main mystérieuse et lointaine qui depuis si longtemps le faisait agir voulut bien enfin se lever. Le Maître des Mystères passait pour mort depuis peu d'années, mais à certains signes, à certains ordres, Cagliostro en doutait. Pour cette fois, il était décidé à agir comme s'il était réellement redevenu son propre maître. La liberté qu'il prêchait aux autres, il la voulait pour lui-même, parce que Lorenza la voulait elle aussi... Il l'avait tant fait souffrir, c'était bien son tour à elle de diriger leur destin. Il répéta mentalement, comme s'il cherchait à se persuader :

— Oui... nous irons à Rome... Après tout, peut-être as-tu raison... Peut-être que je ne risque rien ?

Pour la première fois, l'amour l'emportait chez Cagliostro sur la prudence. Mais quel homme a jamais pu échapper à son destin ?

VI

Les griffes du Saint-Office

Au début du mois d'août 1789, une intolérable chaleur écrasait Rome. Des miasmes pestilentiels, venus du Tibre presque à sec et des marais voisins, envahissaient la ville, semant la maladie et la mort. Mais dans l'église San Salvatore in Campo où s'achevait le salut du soir, régnait une fraîcheur de cave.

Cachée derrière un pilier proche du confessionnal dont elle sortait, Lorenza était abîmée dans une profonde prière. Agenouillée à même les dalles, le dos courbé et le visage caché dans ses mains sous la longue mantille noire qui couvrait sa tête, elle pleurait amèrement. Le chant de l'orgue ne lui parvenait qu'à travers un épais brouillard, en contrepoint de la voix mesurée du prêtre qu'elle croyait entendre encore. Ce prêtre au visage inconnu, caché dans l'ombre épaisse du confessionnal, qui venait de lui infliger la plus cruelle blessure.

— Tant que vous continuerez à profiter des manœuvres criminelles de cet homme impie avec lequel vous vivez, je ne pourrai vous donner l'absolution...

Elle avait tenté de lutter :

— Mais il est mon époux, mon père, mon époux devant Dieu ! C'est même ici que nous nous sommes mariés, voici vingt ans. La loi divine comme la loi humaine m'obligent à le suivre et à lui obéir en toutes choses.

— Sauf en ce qui concerne le salut de votre âme ! Le chemin de la facilité voudrait que je vous conseille la fuite, la retraite en quelque couvent, mais il est plus méritoire de demeurer auprès de lui et de vous opposer à l'œuvre démoniaque qu'il poursuit.

— Comment pourrais-je le faire ? Il ne me demande jamais conseil et je ne suis que faiblesse devant lui. Il a sur moi un empire diabolique.

— Nous vous aiderons. Revenez souvent ici chercher la force de lutter pour retrouver ce Dieu que vous avez si gravement offensé. Et si votre mari refusait de se laisser convaincre, il vous serait alors facile de chercher une aide plus efficace. Le Saint-Office a déjà su ramener à la raison bien des pécheurs endurcis.

— Le Saint-Office ? gémit la femme, épouvantée.

— Pourquoi non, si c'est pour le bien de l'âme de cet homme que vous avez aimé ? Car vous l'avez aimé, n'est-ce pas ?

— Plus maintenant. Je le hais... et j'ai peur de lui !

— Une vraie fille de l'Église ne doit pas craindre les pièges du démon. Priez et revenez plus tard.

Ces paroles bourdonnaient dans la tête de

Lorenza, et la prière éperdue, incohérente, qu'elle adressait au Ciel n'était que l'expression de ce désarroi parvenu à son paroxysme. Au bout d'un long moment, elle se leva péniblement, rabattit son voile sur son visage et quitta lentement l'église pour regagner la petite maison de la place Farnèse où Joseph et elle venaient de s'installer.

En rentrant, après avoir fait quelques achats pour le repas du soir, elle trouva son époux installé dans le petit salon du premier étage. Leur maison, située en face du fastueux palais Farnèse, était loin d'être luxueuse. Le temps n'était plus aux fastes de la rue Saint-Claude, et l'argent manquait souvent. Le ménage vivait d'expédients et de charités que leur faisaient les frères-maçons. Car l'incorrigible Joseph n'avait rien eu de plus pressé en arrivant que de recruter des adeptes et de fonder une loge égyptienne. C'était d'autant plus dangereux qu'à Rome, outre la police papale extrêmement active, existait déjà une autre loge, très secrète et très puissante, dite Loge des Vrais Amis, qui était presque aussi redoutable que les sbires pontificaux.

Auprès de Cagliostro, Lorenza trouva deux étranges personnages devenus ses habituels commensaux. L'un était un certain Antoine Roulier, capucin par force et révolutionnaire par vocation, dont le sorcier avait fait son secrétaire. L'autre un petit bonhomme d'une cinquantaine d'années, vif comme une souris et très soucieux de son élégance malgré une bosse fort apparente. Il s'appelait Charles-Albert de Loras, était bailli de l'Ordre de Malte et représentait l'Ordre dans les procès qui pouvaient l'intéresser à Rome. Il logeait au palais de Malte et désirait éperdument devenir ambassadeur du Grand Maître auprès du Vatican.

L'intérêt avait rapproché ces trois personnages. Loras comptait sur les relations que Cagliostro avait gardées avec le cardinal de Rohan, alors exilé dans son abbaye de la Chaise-Dieu, pour obtenir le poste tant convoité, puisque le Grand Maître était lui aussi un Rohan. Quant à Cagliostro, il comptait sur Loras pour lui permettre d'aller finir ses jours à Malte, où pour le moment, il n'était plus *persona grata,* dans le calme et l'aisance. Seul le capucin ne cherchait rien : c'était un illuminé bon teint.

Pour le moment, il écrivait quelque chose sous la dictée de Cagliostro, tandis que Loras, renversé dans un fauteuil, buvait à petits coups un vin blanc des Castelli Romani tout en donnant des nouvelles de la ville.

— La chaleur et la fièvre déciment les troupeaux dans la Campagna, et le peuple prend peur. Et puis, ce matin, l'on a retiré du Tibre le cadavre d'un homme ligoté, complètement défiguré au couteau. Il portait un carton avec un emblème maçonnique sur la poitrine.

— Hum ! fit Cagliostro en frissonnant légèrement. Les Vrais Amis semblent avoir la main lourde. Un traître, sans doute.

— Ou un adversaire. Ils ne nous aiment guère. C'est peut-être l'un des nôtres.

— Nous saurons cela à la prochaine réunion. Mais la situation semble se tendre et...

L'arrivée de Lorenza lui fit laisser la phrase en suspens. Il proposa aussitôt une partie de trictrac ou de bouillote, la chaleur étant vraiment trop lourde pour travailler.

Les trois hommes allaient s'installer quand un homme, jeune et élégant mais hors d'haleine, fit irruption dans la pièce.

— Je viens de la poste aux chevaux ! s'écria-t-il. Il y a des nouvelles de France, de grandes nouvelles : le peuple a pris la Bastille. On a décapité le gouverneur et démoli la forteresse. Bien plus, les députés du Tiers État ont forcé les États généraux à se former en Assemblée constituante. La monarchie absolue est morte !

Presque aphone, le jeune homme hors d'haleine, qui n'était autre que le marquis Vivaldi, autre affilié, se laissa choir dans un fauteuil et s'adjugea une grande lampée de vin des Castelli Romani. Autour de lui, les autres étaient déchaînés. On riait, on criait, on applaudissait.

— Il nous faut réunir les Frères cette nuit même, disait Cagliostro. Ce souffle de liberté, si nous savons l'exploiter, peut venir jusqu'à nous.

Mais soudain, la voix de Lorenza se fit entendre, froide comme glace :

— Un peu moins de bruit, Messieurs, ou alors laissez-moi fermer la fenêtre ! J'aperçois au coin de la place une silhouette noire qui paraît s'intéresser à la maison.

Ce fut magique. Aussitôt, le silence se fit.

Tard dans la nuit, Cagliostro rentra chez lui,

mais au lieu de gagner sa chambre, voisine de celle de sa femme, il descendit dans la cave, où il avait installé un laboratoire rudimentaire. Il y fabriquait les pâtes, onguents, baumes et électuaires qu'il vendait et qui lui permettaient de vivre. Pourtant, il ne voulait pas travailler, mais réfléchir dans le calme, après une soirée agitée.

Il était si absorbé qu'il n'entendit pas descendre Lorenza et ne la découvrit, toute blanche dans ses vêtements de nuit, que lorsqu'elle fut devant lui. Il lui sourit.

— Tu ne dormais pas ?

— Non. Et puis, j'ai entendu grincer la porte. Pourquoi n'es-tu pas monté te coucher ?

— Je ne pourrais pas dormir. La nouvelle de ce soir m'a bouleversé. Souviens-toi : quand nous avons quitté Paris, j'ai adressé une lettre au peuple français, annonçant que cette Bastille maudite, où nous avons été prisonniers, serait rasée, son emplacement transformé en place publique. Et je ne me suis pas trompé !

— En effet, fit Lorenza songeuse. Bien souvent, tu as annoncé des événements qui se sont révélés exacts. Mais ta clairvoyance ne peut-elle déchiffrer l'avenir pour nous-mêmes ? Est-ce que tu ne vois pas l'abîme où nous courons ?

— Je te l'ai dit cent fois : pour lire l'avenir, il me faut le secours d'une vierge, une jeune fille idéalement pure. Mais comment trouver cela dans cette ville peureuse et bigote.

— Tais-toi ! coupa brutalement Lorenza. N'insulte pas une ville qui respecte la loi divine. Tu as lassé Dieu avec tes pratiques magiques. Il t'en ôte les moyens. Prends garde qu'il ne fasse davantage !

— Nous ne nous sommes jamais compris sur ce sujet, soupira Cagliostro. Il est probable que nous mourrons sans y parvenir. Mais pour l'instant, je te jure que je n'ai en vue que notre sécurité. Nous ne pourrons plus rester longtemps ici sans danger, et Malte ne se hâte pas de nous offrir asile. Il est vrai que depuis ce soir, j'ai une meilleure idée.

— Laquelle ?

— Rentrer en France. Maintenant, je n'ai plus rien à craindre du Roi. Un grand rôle politique peut m'y attendre dans ces bouleversements sociaux qui commencent. Plus j'y songe, et plus je crois que le salut est là.

— Non ! cria Lorenza saisie d'une brusque terreur. Non. Je ne veux plus aller en France. Je veux rester ici ou aller à Malte. La France sombre dans l'impiété, et moi je veux sauver mon âme, tu entends, je ne veux plus te suivre sur les chemins de la damnation.

— Mais malheureuse, songe que si nous restons ici, le repos que tu cherches, c'est au fond d'un cachot du château Saint-Ange que nous le trouverons ! Si ce n'est au fond du Tibre, avec un boulet au cou. Tu ne peux pas vouloir cela, ou alors, c'est que tu ne m'aimes plus.

Lorenza n'hésita qu'à peine devant la cruelle vérité.

— Non. Je ne t'aime plus. Bien plus, tu me fais horreur. Pour moi, il n'y a plus que le salut qui compte !

— Jamais je n'aurais dû te ramener ici ! gronda

Cagliostro, les dents serrées devant cette obstination butée. Tu y as retrouvé toutes les superstitions de ton enfance. Alors, à ton aise : reste ici, garde tes folies. Moi, j'irai en France, sans toi !

Lentement, elle s'approcha de lui, posa sur son bras une main glacée.

— Tu es mon mari, Joseph, et je dois te suivre, même si cela me déplaît. Pourtant, réfléchis encore, car moi, je saurai bien t'entraîner là où il faut que tu ailles, que tu le veuilles ou non !

La messe de l'aube trouva Lorenza agenouillée dans le confessionnal de San Salvatore, chuchotant avec fièvre :

— Il veut partir, mon père, il veut aller en France pour s'y joindre aux révolutionnaires.

— Il ne doit y aller à aucun prix. Si vous le laissiez vous entraîner là-bas, vous seriez perdue sans espoir de rachat. Mais étant frappé d'exil, il ne peut y rentrer qu'avec une autorisation officielle. Rien n'est perdu.

— Cette autorisation, il compte la demander à la nouvelle Assemblée. Selon lui, ce qu'il a effectué là-bas pour aider à la Révolution doit lui assurer la sympathie des nouveaux maîtres. Il est sûr d'être bien reçu. Le peuple l'aimait là-bas.

— Et il a sans doute raison. Il faut le surveiller, ma fille. Il ne doit envoyer de lettre en France sous aucun prétexte. S'il écrit, arrangez-vous pour subtiliser la lettre. Si elle part, vous êtes perdue.

— Il ne partira pas, je le jure ! Je ferai ce qu'il faut.

Or, pendant ce temps, Cagliostro écrivait.

Le capucin-secrétaire relut soigneusement la lettre, corrigea un mot impropre, puis la tendit à Cagliostro.

— Croyez-vous que l'Assemblée vous donnera satisfaction ?

— Elle ne peut méconnaître les services que j'ai rendus à sa cause. J'aurais pu éviter le terrible scandale du Collier qui a porté un coup si rude à la monarchie française. J'aurais pu neutraliser cette infernale comtesse de La Motte, la dénoncer. Et puis, j'ai toujours été ami du peuple, qui m'estimait. Songez que j'ai guéri plus de 15 000 malades, beaucoup gratuitement. Non, l'Assemblée ne peut me refuser car je suis encore capable de lui rendre d'immenses services !

— Je l'espère et le souhaite, puisque je dois vous accompagner, mais la lettre que nous venons d'écrire me semble bien dangereuse. Si elle tombait dans des mains ennemies ? Toute votre activité maçonnique, tout votre rôle en France y sont largement étalés.

— Soyez tranquille. L'un de nos frères, chargé d'une mission officielle qui le met à l'abri des perquisitions, part demain pour la France. Il m'a promis de l'emporter. Je la lui ferai parvenir au matin par les moyens habituels.

Lorenza, qui venait de rentrer et qui écoutait, cachée parmi les vêtements d'une penderie dont la porte entrouverte donnait sur le petit salon, sentit le cœur lui manquer : elle n'avait pu encore découvrir par quel moyen son époux faisait parvenir ses messages secrets à ses affiliés.

— Jusque-là, fit le père Roulier, qu'en ferez-vous ?

— Elle restera sur moi. Je vais travailler toute la nuit.

Lorenza entendit les deux hommes descendre l'escalier qui menait à l'entrée de la maison, et en profita pour quitter rapidement sa penderie. Cette lettre que son mari avait glissée dans la poche de son habit, il la lui fallait à tout prix ! Mais comment s'y prendre ?

Dans l'escalier, elle rencontra Joseph, qui lui annonça qu'il sortait pour se rendre chez l'apothicaire du Campo dei Fiori. Puis ce fut la servante qui, sortant de sa cuisine, lui demanda un peu d'argent pour aller chercher de la chandelle.

— Il faudrait jeter un coup d'œil à la cuisine, dit la fille. J'ai tiré le vin et tout préparé pour le dîner, mais je ne voudrais pas que mon porc brûle au tournebroche.

— J'y veillerai. Partez tranquille.

Quand la servante eut disparu, Lorenza regarda un instant les mets disposés sur la table. Une idée lui venait. Prenant un bout de bougie, elle l'alluma et descendit rapidement à la cave. Quelques secondes plus tard, elle réapparaissait et s'approchait de la table. Une brève seconde, elle hésita. Mais son regard rencontra, au mur de la cuisine, une image pieuse représentant l'ange exterminateur terrassant le démon. Alors, très vite, elle vida dans la carafe de vin le contenu de la petite fiole dissimulée dans le creux de sa main, puis agita la carafe. Le vin se troubla légèrement, puis reprit sa limpidité. Avec précaution, elle y goûta, ne trouva rien à redire. Lorsque la servante revint, quelques instants plus tard, elle trouva sa maîtresse qui tournait gravement la broche où rôtissait le porcelet.

Minuit était passé depuis longtemps lorsque Lorenza descendit avec précautions l'escalier de la maison. Le silence était total, l'obscurité complète. Parvenue à la porte de la cave, elle ouvrit à tâtons, écouta un moment. Aucun bruit ne parvenait du sous-sol, dont la lumière se reflétait un peu dans l'escalier tournant. Ses pieds nus ne risquaient pas de la trahir sur la pierre froide. Elle descendit quelques marches, perçut l'écho d'un ronflement sonore et, tout à fait tranquillisée, acheva de descendre.

Au milieu du laboratoire, près du fourneau sur le point de s'éteindre, Joseph, assis devant une table, dormait profondément, la tête dans les bras. Vivement, Lorenza vint à lui, explora ses poches d'une main tremblante, trouva enfin ce qu'elle cherchait : une grande enveloppe adressée au président de l'Assemblée constituante à Paris. Réprimant une exclamation de joie, elle la glissa dans son corsage, remonta en courant l'escalier et s'apprêta à sortir. Elle se ravisa, entra dans la cuisine et chercha la carafe où elle se souvenait d'avoir vu encore un peu de vin à la fin du repas. Mais la servante avait dû boire ce reliquat. La carafe, vide et nettoyée, était rangée à sa place habituelle. Dès lors, rassurée tout à fait, ne craignant même plus d'être entendue, Lorenza baissa son capuchon sur son visage, s'enveloppa d'une épaisse mante et sortit dans la nuit.

Quand Cagliostro s'éveilla de son lourd sommeil, il ne réalisa pas tout de suite ce qui lui était arrivé. Mais en portant la main à sa poche, il constata que la lettre n'y était plus. Une peur brutale le prit. L'idée que quelqu'un s'était introduit chez lui durant la nuit fulgura à travers son esprit. Il grimpa quatre à quatre chez sa femme pour savoir si elle n'avait rien entendu. Lorenza, un bras gracieusement replié sous la tête, dormait si bien qu'il n'eut pas le courage de l'éveiller. La pensée que la coupable pût être elle ne l'effleura même pas...

Pourtant, le 27 décembre, la police pontificale arrêtait Cagliostro dans sa maison de la place Farnèse et, au nom de Sa Sainteté Pie VI, le conduisait au château Saint-Ange. La marquise Vivaldi, qui se trouvait là, eut tout juste le temps de s'enfuir avec le message qu'elle apportait au nom de son époux et Lorenza fut également arrêtée. Mais on se contenta de la mener en un paisible couvent afin qu'elle pût y retrouver paisiblement le chemin de la foi et de la vertu.

Elle était sans remords et sans crainte. Le procès que l'on allait faire à son époux ne pourrait lui être que salutaire... Pour sa part, elle avait enfin trouvé la paix...

Cagliostro regarda tour à tour les trois juges vêtus de noir et le papier que tenait le plus grand d'entre eux.

— Cette lettre ? murmura-t-il. Oui, c'est bien moi qui l'ai dictée. Mais comment est-elle venue entre vos mains ? Je vous en supplie, dites-le-moi...

Il s'exprimait avec difficulté, déjà hébété par de longs mois de détention au fond d'un cachot sans air ni lumière, situé plus bas que le Tibre dont les eaux le pénétraient en période de crue. Nul n'aurait reconnu en ce prisonnier couvert de loques, décharné, aux yeux creux brûlants de fièvre, le magnifique sorcier de la rue Saint-Claude, le thaumaturge de l'Europe. Ce n'était plus qu'un pauvre homme terrifié.

Les lèvres du grand juge bougèrent à peine, mais les flammes des chandelles allumées firent briller ses yeux ternes.

— C'est votre femme qui nous l'a remise. Votre propre femme, révoltée par vos pratiques et désireuse de sauver son âme.

— Ma... femme ?

Il n'avait pas l'air de comprendre, répétait le mot comme s'il en cherchait le sens. Puis, brusquement, il partit d'un grand éclat de rire, un rire de fou aux cascades rocailleuses, un rire qui n'en finissait pas et qui allait glacer les soldats de garde à la porte... Il riait encore lorsque les juges le condamnèrent à mort...

Chose étrange et assez peu conforme aux habitudes du Saint-Office, la condamnation à mort prononcée contre Cagliostro fut commuée en détention perpétuelle. Sous quelle influence ? On ne l'a jamais su. Toujours est-il que la forteresse papale de San Leo, près de Viterbe, reçut le condamné. Un nid d'aigle couronnant un piton rocheux, une prison cruelle, aux cachots infestés de vermine, dont les paysans s'éloignaient par crainte instinctive. Il y fut gardé au secret, dans des conditions si dures que sa raison s'égara bientôt. Du moins, le bruit en courut-il.

Par les nuits sombres, le paysan attardé qui passait au pied de la sombre forteresse pouvait entendre des cris, des rires forcenés, des hurlements et aussi des sanglots, auxquels se mêlait un nom de femme que l'on ne comprenait pas bien. Alors, il enfonçait son bonnet sur ses oreilles et, les yeux inquiets, passait très vite en se signant. Rentré chez lui, il murmurait à sa femme, en prenant bien garde que les enfants n'entendent pas !

— J'ai encore entendu hurler le sorcier fou...

La femme, à son tour, se signait.

— Sainte Madone ! Quand donc cessera-t-il ses cris ?

Ils cessèrent brusquement par une belle nuit d'été, le 23 août 1795. Cagliostro, le mage, le sorcier, qui prétendait détenir le secret de la vie éternelle et de la jeunesse infinie, était mort.

Pourtant, lorsque, plus tard, des soldats de Bonaparte voulurent voir la tombe du sorcier et ses restes, personne ne fut capable de les leur montrer. Cagliostro est-il bien mort à San Leo ou bien la protection occulte qui l'avait arraché à l'échafaud s'était-elle étendue sur lui une fois encore ?

Table des matières

Avant-propos 11

LE SÉDUCTEUR, CASANOVA

I.	Les débuts d'un séducteur	15
II.	Les trois vieillards de Venise	27
III.	La belle Marseillaise	38
IV.	Le pourvoyeur du Parc-aux-Cerfs	49
V.	Prisonnier des Plombs! ...	61
VI.	La folle évasion	73
VII.	Goulenoire et Sémiramis .	84
VIII.	Giustiniana	95
IX.	Une fameuse bouillabaisse	107
X.	Un tombeau en Bohême...	118

LE BANDIT, CARTOUCHE

I. Comment on devient bandit	133
II. Le roi de Paris	150
III. La place de Grève	167

LE MAGE, CAGLIOSTRO

I. Lorenza	187
II. Les topazes du Portugais .	203
III. Le Maître des Mystères ..	218
IV. Le sorcier de la rue Saint-Claude	234
V. Le collier de la Reine	249
VI. Les griffes du Saint-Office	263

DU MÊME AUTEUR
CHEZ POCKET

(Suite)

Les Treize Vents
1. Le voyageur
2. Le réfugié
3. L'intrus
4. L'exilé

Les loups de Lauzargues
1. Jean de la Nuit
2. Hortense au point du jour
3. Félicia au soleil couchant

La Florentine
1. Fiora et le Magnifique
2. Fiora et le Téméraire
3. Fiora et le Pape
4. Fiora et le roi de France

Les dames du Méditerranée-Express
1. La jeune mariée
2. La fière Américaine
3. La princesse mandchoue

Catherine
1. Il suffit d'un amour — t. 1
2. Il suffit d'un amour — t. 2
3. Belle Catherine
4. Catherine des grands chemins
5. Catherine et le temps d'aimer
6. Piège pour Catherine
7. La Dame de Montsalvy

Dans le lit des rois
Dans le lit des reines
Les émeraudes du prophète
Tragédies impériales

Le Roman des châteaux de France t. 1 et t. 2

Un aussi long chemin

De deux roses l'une

La perle de l'empereur

Reines tragiques

Les chevaliers
1. Thibaut ou la croix perdue
2. Renaud ou la malédiction
3. Olivier ou les trésors templiers

La route des Croisades est semée de tentations...

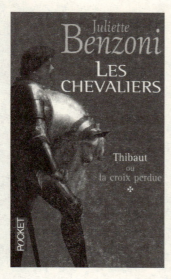

t.1 - *Thibaut ou la croix perdue*
(Pocket n° 11947)

t.2 - *Renaud ou la malédiction*
(Pocket n° 11948)

t.3 - *Olivier ou les trésors
des templiers*
(Pocket n° 11949)

De la cour de Jérusalem à celle de Saint Louis, trois hommes d'une même famille parcourent l'Europe des Croisades, partagés entre le devoir et l'amour.
La quête commence avec Thibaut, et se poursuit avec ses descendants : Renaud, chevalier au service de Louis IX et Olivier, moine de l'Ordre des templiers. Leur destin est lié par une mission sacrée : garder le secret de l'arche d'alliance et la protéger à n'importe quel prix...
Même s'ils doivent pour cela renoncer aux plus belles femmes de la chrétienté.

Il y a toujours un Pocket à découvrir

Au cœur de la Renaissance italienne

t. 1 - Fiora et le Magnifique
   (Pocket n° 3902)
t. 2 - Fiora et le Téméraire
   (Pocket n° 3904)
   t. 3 - Fiora et le Pape
      (Pocket n° 3956)
t. 4 - Fiora et le Roi de France
   (Pocket n° 3957)

Née en Bourgogne en 1457, Fiora est recueillie à sa naissance par Francesco Beltrami, un riche marchand florentin. La belle jeune fille est élevée par ses soins. Elle grandit dans la Florence de Laurent de Médicis. Mais la douceur ouatée des magnifiques palais de la ville italienne ne la protégera pas longtemps des tourments de sa destinée qui la mènera sur les routes d'Italie et de France.

Il y a toujours un Pocket à découvrir